Ralf Bönt

Berliner Stille

Ralf Bönt
Berliner Stille
Erzählungen

WALLSTEIN VERLAG

Inhalt

Steine

Schon vor den Ferien war es in Deutschland richtig warm gewesen, und als sie nach einer langen Bahnfahrt Anfang August in Italien aus dem Zug stiegen, war es nicht mehr nur warm. Wie unfrischer Tau legte sich die Hitze um ihre Körper. Sie deponierten das Gepäck, liefen nebeneinander her ein Stück Richtung Hafen und setzten sich vor einem Café mit den Rücken zur Wand unter eine bunte Markise. Der Ober im weißen Frack brachte mit gleichgültigem Blick und geübten Bewegungen eine grüne Flasche ohne Etikett, während sie mit den Fingern an den Preisen entlangfahrend in der Karte lasen. *Prosciutto* klang exotisch und sie schlugen es nach, so jung waren sie.

Wahrscheinlich war es die erste Alpenüberquerung ohne Eltern, vielleicht auch seine oder ihre erste Alpenüberquerung überhaupt: Zwischenstop nach einigen Stunden im Münchner Kopfbahnhof, Umsteigen in den überfüllten Brennerexpress. Später Zollbeamte, die an der österreichischen, dann nachts an der italienischen Grenze in schweren Stiefeln und mit am Gürtel baumelnden Schlagstöcken durch die Abteile gehen. Einen von zu Hause abgehauenen, vielleicht zwölfjährigen Jungen, der sich unter einer Sitzbank versteckt hält, bemerken die Grenzer nicht. Mit den anderen Reisenden im Abteil einigen sich unsere beiden darauf, daß er wohl bis Rom kommen und irgendwann, wenn sein Geld aufgebraucht ist, aufgegriffen und nach Hause geflogen würde.

Ob sie ihren Eltern gesagt hat, wo sie ist? Kann sein, denn die Reise war ihr nicht verboten wie vorher der

Umgang mit ihm oder später wenigstens noch das Mitfahren auf seinem Motorrad. Auch seine Eltern hatten nur kurz und vage protestiert, als sie die ersten Male morgens aus seinem Zimmer kam, scheu grüßte und sich aus der Tür stahl, um mit dem Käfer zur Arbeit zu fahren. Sie mochten das Mädchen trotz ihrer bäuerlichen Wortkargheit, und gaben sich Mühe, darüber hinwegzusehen, daß sie nicht froh schien und viel älter als er war. Reden hätte er eh nicht mit sich lassen.

Und wann hatte es angefangen mit den beiden? Einen Urlaub vorher? In einer Gruppe Jugendlicher, die zusammen ein Ferienhaus in der Bretagne mieten? Sie ist die Älteste und er der Jüngste, und sie fahren auch da mit der Bahn hin und holen ihre Fahrräder im Bahnhof ab, das Transportmittel ihrer Wahl bis zum Ferienort an der Küste. In der Gruppe ist sie die Langsamste, und er bleibt bei ihr, als sich die anderen bei Einbruch der Dunkelheit entschließen, schon mal vorzufahren. Als letzte erreichen die beiden deshalb das schlichte Holzhaus, in dem die anderen ein Abendessen vorbereiten und alle anderen Doppelzimmer schon verteilt haben: »Wir haben gedacht, ihr nehmt das vordere Zimmer«, sagt einer. Sie will das untere, er nimmt das Bett oben. Kein Grund zum Grinsen.

Die Gruppe verbringt den Urlaub wie gedacht: Am Strand liegen und lesen, bei Regen Wanderungen ins Hinterland unternehmen, bei auflaufendem Wasser mit dem kleinen Holzboot aufs Meer hinausrudern. Aus einem Wettrudern wird eine Sportveranstaltung mit acht Disziplinen: Rudern, Schwimmen, Laufen, Kniebeugen, Klimmzüge, Liegestütze, Radfahren, Steine stemmen. Fußball lehnen die Frauen ab. Einer mietet sich ein

Motorrad und stürzt, ohne sich zu verletztten. Ein Versicherungsfall. Abends trinken sie zum Kartenspiel und sind laut, was er nicht mag.

Einmal am Strand bemerkt sie seine zarten Härchen unter dem Bauchnabel: »Da will wohl was los sein?« Er lächelt, in ihrer Stimme ist ein verwunderter Oberton des Respekts vor seiner kommenden Männlichkeit. In der zweiten Woche betritt er einmal spät das Zimmer, und merkt nicht, daß sie wach in der Dunkelheit liegt. Bevor er in sein oberes Bett klettert, schnappt sie seine Hand. Dazu glotzt sie ihn wortlos an. Ihr sei nach Anfassen gewesen, sagt sie später, es habe mit ihm nichts zu tun. Er schweigt darauf. »Es könnte jetzt auch Ralf oder Matthias hier liegen«, sagt sie, »ich meine, das ist egal. Das wollte ich sagen.«

Am nächsten Morgen spielen sie vor den anderen Theater: Als sei nichts geschehen. Dennoch rudern sie allein aufs Wasser hinaus, im Regen, gehen abends zusammen spazieren, liegen nachts in ihrem Bett. Am zweiten Tag will sie vor den anderen Gleichgültigkeit spielen, indem sie grob und unfreundlich zu ihm ist. Er ist fünfzehn und weiß nicht, wie ihm geschieht.

»Wie war der Urlaub«, wird er zu Hause gefragt. Er sagt: »Gut.« Und fährt abends mit dem Fahrrad auf den Berg, auf dem sie in einem einzelnen Haus am Waldrand wohnt. Manchmal steht sein Fahrrad bis morgens vor dem Haus, bis ihr Vater, neben der Mutter sein einziger Komplize, das Hausverbot gegen ihn ausspricht. Seitdem kommt sie zu ihm, denn ihre Körper haben sich an das Zusammensein gewöhnt. Oft liegen sie stundenlang wortlos nebeneinander, als ob sie auf einen Bus warteten, der sie weit weg bringen soll, zur Küste vielleicht, in eine einsame, weite, flache, nichtssagende Gegend oder in die Berge. Manchmal hören sie Musik, bis es Mitternacht wird, sie aufsteht und sagt, sie müsse jetzt schlafen, sich auszieht und wieder hinlegt. Ihr Geruch, für ihn eine würzige Süße, gehört in sein Leben wie das Gesicht seiner Mutter. Bis zum Wintereinbruch zieht auch er sich aus, bevor sie im engen Bett schlafen.

Als seine Eltern wissen wollen, ob seine Freundin überhaupt noch manchmal nach Hause gehe, schlägt er den Blick nieder und sagt, es sei nicht, was sie vielleicht dächten: »Es ist einfach nur schön, zusammen zu sein.« Seitdem lassen sie ihn in Ruhe.

Weihnachten passiert nichts.

Silvester feiern sie mit den anderen und vermeiden jede Berührung, obwohl ihre Liebe längst offenbar ist. Wenn sie wie meistens allein sind, fassen sie sich an den Händen oder küssen sich. Wenn sie sich beim Zähneputzen zufällig zusammen im Spiegel zu sehen kriegen, finden sie, sie sähen einander ähnlich, ohne daß einer von beiden es sagte. Das Erwachen aus dem Schlaf der Körper geht allmählich. Erst liegt eine Hand in einem Schritt, dann zeigt eine andere ihr Tage später, daß sie richtig anfassen soll. Wie zwei Mumien sich einander aus den Bandagen zu befreien versuchen, so schneiden sie sich gegenseitig aus der Angst: Erst vorsichtig und steif, dann gekonnter und jeden Tag mutiger, schließlich behende. Am Ende des Winters bedeckt er ihren Körper mit Küssen und hält gerade inne, als sie in seine Haare fährt, um seinen Kopf mit einem festen Griff in ihren Schoß zu pressen, wo er seinen Hunger entdeckt.

Ab jetzt ist sein Gang aufrecht, und wenn er spricht, dann lauter. Seit dem Frühjahr, als sie endlich das erste

Mal miteinander schlafen, wartet sie jeden Abend ungehalten darauf, er findet es jedesmal eine größere Mahlzeit, und sie, wenn sie danach daliegt, noch schöner. Er sagt ihr das. Ihr Vater hebt das Hausverbot auf. Wenn sie im Kreis der Freunde sind, nimmt er keine Scheu mehr bei ihr wahr. Als Paar kaufen sie im Sommer zwei Fahrkarten nach Korsika: Zug und Fähre. Frei sind sie. Nehmen den Zug nach München. In München umsteigen in den überfüllten Brennerexpress. Nachts die Zollbeamten sehen grimmig und dabei albern aus, wie sie mit den schweren Stiefeln und an Gürteln baumelnden Schlagstöcken extra polternd durch die Waggons und Abteile gehen.

In Livorno ist es wieder Tag, die Hitze legt sich auf Augen, Stirn, Arme und Hirn. Was essen. Erst ein Café, vor dem sie mit den Rücken zur Wand unter einer bunten Markise sitzen, dann eine Pizzeria. *Prosciutto* nachschlagen. Nach der Pizza laufen sie wieder durch das fremde Licht nebeneinander zum Bahnhof zurück, um ihre Fahrräder abzuholen. Sie ihr Hollandrad, er sein Rennrad. Gepäck verteilen, Zelt und Schlafsäcke festzurren, dann fahren sie zum Hafen. Neuer Schweiß weicht den klebrigen alten Schweiß erst auf und klebt dann selbst. Die meisten anderen Passagiere schweigen, Hitze macht mundfaul, man steht an den Autos herum und wartet, bis die Arbeiter der Reederei etwas brüllen oder mit den Armen fuchteln. Auch ein paar andere Radtouristen sind da, man nickt auf dem Deck einander bestätigend zu.

»Die Fähre nehmen«, sagte er, »ist wie träumen«, und später sollte er, wenn er mit einer Frau in ein Bett steigt, denken und manchmal auch sagen: »Ins Bett gehen ist wie mit dem Schiff losfahren.« – Und sie?

Sie schweigt. Die Fähre legt ab. Er redet von seinen Plänen, nach dem Studium würde er höchstens zehn Jahre arbeiten, dann kauft er sich ein Haus im Süden, Südfrankreich zum Beispiel, und bringt den Rest Geld mit einem Restaurant zusammen, das nur am Wochenende aufhätte. Vielleicht auch Neuseeland oder was ganz anderes in Norwegen oder Kanada. Er bräuchte nicht viel zum Leben, eigentlich sei er schon jetzt ganz zufrieden.

Bastia vor sich, verfallen die anderen Passagiere in die übliche Nervosität. Die beiden bleiben noch lange auf dem Boden des Decks sitzen, als das Schiff angelegt hat, sie mit geschlossenen Augen, er mit dem Blick in den blauen Himmel. Als sie unbehindert von Bord gegangen sind, setzen sie sich gleich auf die Fahrräder, denn sie wollen noch in einen kleinen Ort, ganze zwölf Kilometer entfernt, an der Westküste. Auf der Karte ist dort ein Zeltplatz am Meer. Aber noch in der Stadt geht es ganz gut bergan und ab dem Ortsausgang steil. Trotz Seeluft und spätem Nachmittag brennt die Sonne auf das Paar herunter, als gäbe es kein anderes auf der Welt. Sie machen eine Pause, eine zweite, dann immer öfter eine, reden immer weniger, müssen schließlich an einem Privathaus klingeln und von einem abweisenden Korsen Wasser erbetteln.

»Das ist ein richtiger Paß«, sagte er, als sie wieder fahren, sie mit verzerrtem Gesicht, er auf dem Rennrad.

Wie schon im Sommer zuvor packen sie alle schweren Sachen auf sein Rad, alle leichten auf ihrs. Aber es hilft nichts. Erst in der Dämmerung sind sie oben, und wortlos rollen sie zur Küste hinunter, stellen im Dunkeln ihr Zelt auf, in dem sie sofort in tiefen Schlaf fällt, und er noch lange wie eine Kugel in einer Schachtel herumrollt, bevor er Ruhe findet. Wenn er später, als Mann, ohne Schlaf liegt, denkt er oft daran, daß man nie weiß, wann man das letzte Mal miteinander schläft.

Dann weckt sie ihn in der Dunkelheit: ein Gewitter. Hält sich an ihm fest: »Ich habe Angst bei Gewittern.«

Er lacht: »Das brauchst du nicht. Statistisch gesehen war die Abfahrt vorhin sehr viel gefährlicher, und jedesmal, wenn du zu Hause mit dem Auto irgendwohin fährst, ist es das auch.«

Ein Donner, der über das Wasser heran und über sie weg gegen den Berg rollt, beendet seinen Satz. »Ich habe Angst, laß uns nach vorne gehen, da sind wir sicher.«

»Wo vorne?«

»Zur Rezeption«, sagt sie mit Angst in der Stimme.

Er lacht, hält sie im Arm, in einem Leben, wie er es sich vorstelle, sagt er, sollte man keine Angst vor einem kleinen Gewitter haben. Wenn er nach Kanada ginge, würde bestimmt noch ganz anderes warten. Als die Blitze heller werden und der Donner kompakter ist, liegt sie still an seiner Seite. Herz pocht. Wind reißt am Zelt, als er vorschlägt, am nächsten Morgen sehr früh loszufahren: »Am besten, wir sitzen schon um sechs auf dem Rad, dann haben wir drei oder vier Stunden, bevor es heiß wird.«

Sie geht mit, als nach einem Blitz eine Wasserfontäne laut prasselnd zurück ins Meer fällt.

»Das war nah«, sagt er, und seine Stimme kommt ihm tief vor. Als das Gewitter endlich abebbt, schlafen die beiden wieder ein, und sie schlafen fest bis zum Morgen. Vielleicht war es die Nacht, in der er vom Fliegen geträumt hat, bis die Sonne zu heiß aufs kleine Zelt brennt.

Er steht gleich auf. Sieben Uhr dreißig. Zum Duschen und Zähneputzen geht er nach vorne, durch unzählige vom Wind niedergerissene Zelte, dann durch Dutzende Schlafsäcke im Sanitärtrakt, wohin sich die meisten Camper gerettet hatten. Kaum jemand war in seinem Zelt geblieben. Wortlos kocht er anschließend Kaffee, weckt seine Liebe, die zum Duschen geht, nach einer halben Stunde wiederkommt, langsam frühstückt, dann ihre Sachen einpackt. Es ist neun, als sie eine ihrer beiden Satteltaschen wieder entleert, und noch mal neu und besser packt, Sockenpaare sauber ineinander steckt, die benutzten paarweise so in vorbereitete kleine Plastiktütchen steckt, daß sie genau in eine freie Ecke der Satteltasche passen. Sie schüttelt die noch frischen Socken einzeln aus und faltet sie identisch und quadratisch, legt die Paare aufeinander, auch drei frische T-Shirts faltet sie auf dem Boden neu und schiebt sie vorsichtig in die Tasche, vermeidet so gut es geht Knitterei. Bis der Schlafsack ausgeschüttelt, sauber zusammengerollt und mittig auf dem Gepäckträger festgeschnallt ist, ist es halb zehn, und sie fahren nach vorne, zahlen in der Rezeption.

»Laß uns noch Wasser kaufen«, sagt sie, »und Obst.«

Er ist froh, daß sie überhaupt mit ihm redet. Im Supermarkt kauft sie Joghurt, Milch, Obst, das sie draußen, wo er gewartet hat, umständlich in ihrem kleinen Rucksack verstaut, den sie dann anhebt, und stöhnt: »Ganz schön schwer.«

Dann endlich fahren sie los. Wohin wollen die beiden überhaupt? Eine Stunde geht es am Wasser entlang, prima. Dann eine Linkskurve, dahinter der Berg und die Sonne. Mittag. Er fährt vorne, sie schwitzt hinten. Nach einer weiteren halben Stunde hält er an: »Gib mir dein ganzes Gepäck. Alles, was bei mir irgendwie draufgeht.«

Sie packen am Straßenrand, Autos schneiden vorbei, sie nicken sich zu, fahren weiter, aber es hilft nichts. Er geht ab und zu aus dem Sattel, weil sie so langsam fahren, daß er mit dem schweren Gepäck kaum das Gleichgewicht halten kann. Fährt vor, wartet. Heißer Stillstand. Wenn er sich zwischen zwei an ihnen vorbeifahrenden Autos umdreht, sieht er ihr in Hitze aufgelöstes Gesicht wie ein Ausrufezeichen. Wenn er dicht vor ihr fährt, trifft ihn bei jeder ihrer Pedalumdrehungen ein Stoß stöhnender Atem im Nacken. So komme ich nie nach Kanada, mag er gedacht haben, als er absteigt, oder nach Neuseeland oder irgendwohin, als er sein Rad mit beiden Händen nimmt, über den Kopf hinaus hochhebt, und es dann mit Wucht in den Graben wirft, wo das Gepäck nur halb runterfällt und halb im Gummizug hängen bleibt. Ihre Tränen mischen sich auf der roten Haut in den Schweiß, der ihr vom Kinn und aus den Haaren tropft, als sie an ihm vorbeifährt.

»Scheiße«, brüllt er, »dann schieben wir halt, so 'ne Scheiße!«

Sie steigt ab und schiebt den Berg weiter hoch. Er sammelt Fahrrad und Gepäck ein, fährt hinter ihr her, steigt ab, schiebt hinter ihr her, hört bei jedem Schritt ein Stöhnen aus ihrem Mund. Der Schweißfleck auf ihrem Rükken: ein Vorwurf.

Sie passieren eine Tankstelle: »Schieb schon mal weiter«, ruft er, geht in den Laden und kauft Zigaretten. Raucht. Holt sie ein. Schiebt hinter ihr her, und irgendwann sind sie tatsächlich wieder oben, rollen bergab, fahren noch ein wenig am Wasser entlang, bis sie einen Zeltplatz finden, der auf Terrassen in den Hang gebaut ist, direkt am Wasser, unterhalb der Straße, ganz schön.

»Hier bleiben wir«, sagt er abends, sie trinken vor dem Zelt Rotwein aus Wassergläsern und sehen der Sonne dabei zu, wie sie kurz vor dem Untergang in den Dunst über dem Meer taucht, »das Radfahren hat ja überhaupt keinen Sinn.«

Sie sagt nichts, sieht ihn an.

»War eine bescheuerte Idee.«

Diesmal schlafen beide sehr gut. Am morgen gibt es Brötchen, Marmelade, Kaffee. Die Sonne ist warm, aber hier geht eine Brise. Das kleine, in goldenes Papier gewickelte Butterstück aus dem Campingladen vierteln sie erst auf einem Teller, dann teilt er sein zweites Viertel in neue Hälften, gibt ihr eines der Achtel von Messer zu Messer. Sie teilt es noch mal auf ihrem Teller und gibt ihm ein Sechzehntel wieder von Messer zu Messer zurück. Weil sie noch immer eine Brötchenhälfte unbestrichen vor sich liegen hat, teilt er erneut sein Sechzehntel in zwei Hälften und streicht eine ihr auf den Tellerrand, die sie ein letztes Mal teilt und ihm eine Hälfte als winzigen Tropfen Butter auf einer Messerspitze zurückgibt: »Kleiner geht's nicht«, sagt sie, grinst vorsichtig.

»Glaubst du«, sagt er, teilt das Stück geschickt mit seiner Messerspitze auf ihrer und streicht ihr die Butter aufs Brötchen: »Für dich!« – Da lacht sie.

Später treffen auf dem Platz rechts neben ihnen neue Nachbarn ein, ein italienisches Paar, das trotz Auto den Hammer für die Heringe vergessen hat und den ihren ausleihen kommt. Plaudern, Lächeln. Am Nachmittag, als er Nudeln kocht, sagt sie mit einer Kopfbewegung zum Nachbarzelt hin: »Die sind ja nett.«

– »Ja.«

Während sie im Schneidersitz auf ihren Isomatten

hocken und mit Gabeln in Nudeln stechen, beide in der linken Hand Weißbrot, deutet er auf den Berg hinter ihnen, sagt wie nebenbei: »Heute abend gehe ich da mal rauf«, und obwohl sie zusammenfährt: »Mal sehen, wie weit man da gucken kann.«

Pause.

Er: »Hm?«

»Muß das sein«, – sie.

»Wieso nicht? Ich will einfach mal sehen, wie das Meer von da oben aussieht.«

Pause.

»Kannst du das nicht morgen machen?«

Pause.

»Ich dachte«, sagt sie schmollend, »wir gehen noch runter ans Wasser.«

Es dauert ein bißchen, dann sagt er trocken: »Geh ich halt morgen auf den Berg.« Er ißt auf, stellt unsanft die Teller zusammen, teilt ihr mit, daß er spülen geht, und geht spülen.

Als er wiederkommt, sitzt sie unverändert da und sieht ihn erwartungsvoll an.

»Gehen wir?«

Er will erst noch rauchen.

»Danach aber.«

»Ja.«

Von der untersten Terrasse des Zeltplatzes geht ein kleiner Weg ab, der über den Hang zum Meer führt. Sie hatten früher am Tag gesehen, daß andere Touristen hier mit Handtüchern, Schirmmützen und Sonnenmilchflaschen heraufkamen, und gehen jetzt vorsichtig voreinander her, er vorn, sie hinten, die kleinen Serpentinen durch Gestrüpp, Nadelholz, über Steine und manchmal Waldboden. Biegt Zweige weg und achtet darauf, daß sie beim Loslassen nicht auf sie zurückpeitschen. Am Wasser schließt der Hang steinig ab, große rundkopfige Steine und einige wenige von der Natur am Sediment glatt geschnittene große Platten liegen im schwappenden Mittelmeer.

Er zeigt nach rechts: »Sollen wir da rüber?«

Sie nickt stumm, er geht vor.

»Da kann man sich hinsetzen.«

Sie nickt wieder, sieht nach unten, setzt ihren Fuß auf den ersten Stein, auf dem er schon steht, er hält die rechte Hand hin, die sie greift, dann zieht er sie zu sich auf den Stein, sie umarmen sich zwangsläufig. Ohne daß er es sieht, lächelt sie.

»Na, dann weiter.«

Er läßt sie los, dreht sich um, und mit einem großen Schritt ist er auf dem nächsten rundgewaschenen Stein. Da hält er sein Gleichgewicht, dreht sich zurück, um ihr die Hand zu reichen, die sie greift, um ebenfalls überzusetzen und ihn an Knien, Bauch, Brust zu berühren. Sie hält sich an seiner rechten Hand und der linken Schulter fest.

Er läßt sie los und dreht sich wieder um, der nächste Stein ist eine dieser Platten, er springt gelöst hinüber, wartet, sie hinterher, nimmt seine Hand, so gehen sie drei, vier, fünf, sechs Schritte. Dann wieder ein runder Stein. Er geht vor, dreht sich, gibt ihr die Hand, zieht sie zu sich. Sie lächelt, die Sonne glitzert auf den Scherben der Wasseroberfläche, Möwen rufen sich Witze zu.

Dann kommt ein kleinerer Stein, man hätte Schwierigkeiten gehabt, zu zweit drauf zu stehen. Er springt mit einem Fuß drauf, mit dem anderen gleich weiter auf den nächsten Stein, der wieder größer ist, und auf dem er stehenbleibt, sich umdreht, die Hand ausstreckt, und sieht, wie sie die Tränen schluckt, ihn nicht ansieht, todtraurig ist und auf den kleineren, zwischen ihnen liegenden Stein springt, auf dem man zu zweit hätte stehen können, hätte man sich aneinander geklammert, mit dem anderen Fuß auf den nächsten kommt, auf dem er wartet, und vorbei an ihm auf eine dieser Platten geht und seine Hand nicht nimmt.

Sofort hat er den Traum nicht verstanden gehabt, nicht beim Träumen jedenfalls, sondern erst Wochen später oder gar Monate. Trotz der frischen, klaren Luft, der Kleinheit der Landschaft unter ihm, und dem Glück, daß er beim Ausbreiten der Arme empfindet, beim Dehnen seiner Schultern und seines Brustkorbes, der nachgibt, wie die Schnur eines Drachens, den sein Vater in die Luft hat steigen lassen, als er klein war: Wie spielend er dadurch an Höhe gewinnt.

Bei den restlichen Steinen, viele waren es nicht mehr, nahm sie die Hand wieder, sah ihn aber nicht mehr an.

Dann lassen sie sich auf der letzten großen Platte nieder, wie sie gewollt hatten, im Schneidersitz jetzt jeder auf seinem Handtuch, das ist unbequem, wohin mit den Knöcheln? Sie sehen aufs helle Wasser. Er pult drei, vier kleine Kiesel aus einer moosigen Ritze, und läßt sie ruhelos in der rechten Hand tanzen, während sie stur geradeaus sieht.

»Was ist denn jetzt schon wieder?«

»Nichts«, sagt sie tonlos.

Ruckend und jeweils mit einem Stöhnen wirft er dann die Kiesel einen nach dem anderen aufs Meer hinaus.

Essen

Wenn du hereinkommst, ist der Fernseher über deinem Kopf, und du kommst direkt von der Kreuzung, wo es passiert ist: Eine Hauptstraße, Ecke Seitenstraße, mit Ampel, und der Lastwagen soll grün gehabt haben, aber das konnte nie geklärt werden. Eine Ecke wie die gibt es Tausende in einer Großstadt, oder es gäbe Tausende und wieviel Tausend eigentlich, wäre nicht der Eingang zum Imbiß um fünfundvierzig Grad gegen beide Straßen gedreht, aber vielleicht gibt es auch solche abgeschrägte Hausecken an Straßenecken Tausende oder Zigtausende. Du kommst also direkt von der Kreuzung, gehst unter dem Fernseher durch, und gleich verdrehst du dir den Hals, weil deine Augen natürlich Cem suchen, der irgendwo hinter dem längs durch den ganzen Raum verlaufenden Tresen sein muß, aber die laufenden Bilder behaupten sich auch ungesehen, durch unterlegten Ton, und du mußt erst mal hingucken: heute Fußball. Heute guter, türkischer Fußball, du starrst eine Minute: athletisch ist er und technisch, gut.

Weiter hinten an der Theke Betrieb. Zigarettenqualm, laute Männer, arme Kerle. Mittendrin ist auch Cem mit dem unvermeidlichen Lappen in der Hand, und seine gute Laune ist da, wo bei anderen die politische Überzeugung wohnt: »Hallo Nachbar, komm gleich.« Mit einem Handzeichen bedeutest du ihm: keine Panik.

Cem: »Aber setz dich, Herr Professor. Oder zum Gehen?«

Du verneinst, setzt dich, legst die Zeitung auf den Tisch, schlägst sie auf, drehst dich aber zum jetzt schräg halb hinter dir plärrenden Fernseher. Ein aufgezeichnetes Spiel, ohne Angabe der abgelaufenen Spielzeit, als ob in einem Spiel nicht alles davon abhinge, daß es genau neunzig Minuten dauert und damit ganz anders als das Leben ist.

»Heute lecker Dönerteller, mein Freund?«

Das breite Gesicht von Cem, falls er so heißt wie der Imbiß, ist ein Anker in deinem Tag. Mit schnellen, so entschlossenen wie leichten Bewegungen putzt er sich von hinten nach vorne, rechts den Lappen, mit der linken Aschenbecher, Ketchupflaschen, Teegläser anhebend und wieder hinstellend. »Heute sehr lecker Dönerteller.« Cem wartet auf eine Antwort.

Du drehst dich vom Fernseher weg zu ihm hin: »Wie immer doch.«

»Aber heute ganz besonders lecker für ganz besonderes Nachbar.«

Du nickst, blätterst in der Zeitung, im Wirtschaftsteil ehrlich gesagt lustlos.

»Mach ich Fernseher leise, warte.«

Er steht mit der Fernbedienung in der rechten Hand eine Sekunde, die linke Hand in den Rücken gestützt, noch eine Sekunde, du suchst in der Wirtschaft nach einem Artikel, aber keiner sieht nach Neuigkeiten aus, obwohl es erst seit kurzem ist, daß es so schöne Jahreszahlen gibt, 2000, 2002 oder, mit dieser lässigen Asymmetrie unschlagbar schön: 2003. Das muß ein Jahr geben, hast du am Anfang gedacht. Jetzt bist du durch die Wirtschaft schon wieder durch und beim Sportteil, also Fußball, wo ein rückwärts laufender, fett wirkender Brasilianer mit beiden Daumen über die Schultern weg auf seine Schulterblätter weist, wo über der Nummer sein Name steht, eine komische Szene.

»Hallo Nachbar«, Cem sieht einen Mann um die fünfzig an, der unter dem Fernseher durch den hellen Raum betritt: »Komm gleich.«

Der Mann geht am Tresen entlang, gibt Cem die Hand, der seine dazu auf dem Rücken am Hemd abputzt, ihm dann nur das Handgelenk anbietet, wie du es noch von früher kennst, als du auf dem Bau warst: »Wie geht?« Der Mann nickt. »Setz dich.« Der Mann sieht nacheinander die Tische an. »Oh, kannst du dich setzten zu Nachbar. Ist sähr nette Nachbar, kein Problem.«

Der Mann hebt mehr den Kopf, als er dir zunickt, kommt herüber, zieht seinen Schal unterm Mantelkragen hervor, den Mantel aus, den Schal in den linken Ärmel, er hängt alles an den Haken an der Wand neben dem Tisch. Ein Ungar habe, schreiben sie, nach dem Spiel gesagt, sein Tor sei gut für seinen Namen – Fußball: Vor ein paar Jahren erst hast du wieder damit angefangen, und es war eigentlich nur wegen deines Sohnes, denn Kinder lieben die Stille nicht, und wenn abends der Fernseher in einer mittleren Lautstärke lief, erleichterte es dem Kind das Einschlafen hinter der spaltbreit offenen Tür. Die ersten fünf Jahre ging das so, oder waren es die ersten sechs? Die letzten anderthalb hat er dann noch besser geschlafen, und Krimis kamen nicht in Frage, schließ nur mal die Augen und höre einem zu. Beim Schalten durch die Programme bist du dann meistens an Fußball hängen geblieben, Fußball war besser, und Fußball erinnerte dich an die eigene Jugend, was zuerst lustig war oder exotisch wie das lautlose Schieben des Kinderwagens am Sonntagmorgen im Stadtpark, wo alte Bilder quasi wie Steilpässe aus der Tiefe des Raumes kamen und du plötzlich an Olaf gedacht hast. Also Olaf.

Olaf packte in der ersten Klasse verschimmelte Pausenbrote aus, aß sie zu eurem Ekel, er war stolz darauf. Für die zweite Klasse schon mußte er abgehen zur Sonderschule, wo man, so die ungefragten Mütter unisono, besser auf ihn eingehen könne. Dein Freund war er. Daß er minderbemittelt war, daran hast du keine deutliche Erinnerung, nichts genaues, aber an das Fußballspielen auf dem eingezäunten Platz neben dem nachmittags zugesperrten Schulhof erinnerst du dich genau. Hoch eingezäunt war er, und Olaf spielte überhaupt keinen Fußball.

Manchmal, wenn niemand zum Spielen da war, stricht ihr deshalb um die Häuser: Blumenstraße, Helmholtzstraße, Mühlenstraße, Mühlenweg. Ihr habt im Vorbeigehen Zweige aus Hecken gerissen, zum Spaß seid ihr auf Blumen in Vorgärten getreten oder, wenn ihr weniger gelangweilt wart, habt ihr euch neben einen am Rinnstein geparkten Wagen gekauert und mit zusammengepreßten Kinderlippen so getan, als ließt ihr Luft aus den Reifen, bis der Nachmittag um war und ihr nach Hause konntet oder jemand euch erwischte und rumbrüllte und ihr das unverschämte Kinderlachen lachtet, das Unwissenheit ist, bis er mit Polizei drohte oder doch noch merkte, er wurde verarscht.

Oft habt ihr bei Olafs Mutter in der Küche auf der Couch gesessen und daumendicke Weißbrote ohne Butter mit daumendick Nutella gegessen, das Nutella auf die Wangen schmierend und mit dem Finger von da in den Mund schiebend. Sie liebte euch so.

Einmal war sie auch genervt, als ihr klingeltet, ihr Haar wie von einer geheimnisvollen Krankheit zerzaust, sie ließ euch rein, machte wortlos die Brote, nachdem sie sich die Bluse zurechtgezupft hatte, und verschwand wieder im Wohnzimmer, zog die Tür hinter sich zu, daß es dich kränkte. »Ein Mann da«, beruhigte dich Olaf.

Dann seid ihr wieder rausgegangen, du den Ball unterm Arm, groß war der Ball so, und dann waren doch welche auf dem Platz, die keinen Ball hatten und spielen wollten. Olaf setzte sich an die Seite, und im Spiel schlug der Torwart aus der Hand ab, du vorne natürlich, der Abschlag aus zwei Metern dir ins Gesicht: Halbe Bewußtlosigkeit, auch dein Kopf plötzlich groß, Filmriß, dann einzelne Bilder, Kinderköpfe vor Himmel mit Baumwipfeln, deine eigene Schuld. Olafs große, besorgte Augen zwischen denen, die um dich rumstanden, soweit du gesehen hast, und Nasenbluten natürlich, für dieses Mal aber ein beruhigender Grund, blutend nach Hause zu kommen.

Ein anderes Mal wieder war niemand da. Mit Olaf saßest du am Rand des Platzes, diagonal gegenüber dem Eingang, und schlugst die Zeit tot, als die beiden Türken, jeder einen Kopf größer als jeder von euch, außen am Zaun auftauchten, sehr viel näher am Eingang als ihr. Die konnten grinsen! Und es war nicht Unwissenheit. »Scheiße«, sagte Olaf.

In den Fußballverein bist du erst viel später eingetreten, in dem Vorort, in den deine Eltern schon gezogen waren, als du aus dem Krankenhaus kamst. Olaf sei zu weit weg, der sei am besten zu vergessen, sagten sie dir, aber der Fußballverein, der war wichtig. Wenn du nicht im Fußballverein warst, gehörtest du nicht dazu. Dann gewöhntest du dich an den Fußballverein, und die Plätze neben der neuen Schule hatten Zäune immer mit zwei Eingängen.

Die Zeit begann zu vergehen. Erst langsam, dann schneller, dann noch schneller, dann so schnell, daß du es nicht mehr wahrnehmen konntest, den Verstand beinahe verloren hast, und erst hier steht sie wieder still:

»Mit alles Salat, Döner?«

»Wie immer«, sagst du.

»Und Knoblauch.«

Du nickst: »Aber sag mal, was ist mit eurem Fußball los?«

»Oh, wollten wir Deutschland wird Europameister, weißt du.« Er grinst breit: »Ist Taktik.«

»Wofür?«

»2006 schon. Geh ich mit Nachbar zu Endspiel«, er weist mit dem Kopf auf den Mann an deinem Tisch: »Deutschland – Türkei.«

Du siehst den Mann an. Er nickt.

»Machen wir Sparwasser im Endspiel«, Cem wieder, »mit deutsche Trainer machen wir.«

»Ach, warst du damals schon da?«

»Kreuzberg.«

Deine Hand macht eine Schaukel: »Kreuzberg nicht gut.«

»Wie Türkei«, meint Cem grinsend.

»Hab ich bis zur Wende gewohnt.«

»Gab es nach Sparwasser in Kneipe viel Schlägerei, Kreuzberg.«

»Für wen warst du?«

»Logisch für Deutschland«, er sieht dich vorsichtig an, als er um den Tresen rum ist und neben dir steht, den kleinen Dönerteller hinstellt, von klein keine Spur.

»Im Endspiel den Neeskens könnt ihr machen«, sagst du, Olaf im Kopf und die Bilder der neuen Wohnung, die

Olaf nie gesehen hat, die ihm so egal gewesen wäre wie die alte, die er auch nie gesehen hat, wo es ihm egal gewesen wäre, ob dein Vater sich Sekt ins Bier kippt oder seine Füße auf den flachen Wohnzimmertisch legt und im Ohr bohrt, während Fußball läuft und seine Freunde die Luft verpesten und grölen und die Frauen ihre Münder verziehen.

Du hast, bis dein Sohn am Ende besser schlief, die Namen wieder gekannt von den Spielern, den Trainern, den Managern, sogar den Vermittlern, kanntest wieder die entscheidenden Spiele der letzten Jahre, Meister der Herzen, die beiden Tore von Manchester United und so weiter, das Eigentor von Ballack in Unterhaching hast du immer als absichtlich hingestellt: der Großkonzern wollte sich das Image des kleinen Verlierers geben. Du hast dich erinnert, daß das komischste Fußballspiel in deinem Leben das erste war, das du wirklich wahrgenommen hast: Deutschland gegen Deutschland, 1974, wahrscheinlich weil die Erwachsenen andere Gesichter bekamen an dem Tag. Dein Kinderkopf hat damals, als du zwischen ihnen saßest und aufpaßtest, keinen aufgeregten Ellbogen abzukriegen, gefragt, wie blöde kann ein Land eigentlich sein?

Jetzt gucktest du ganze Spiele, als dein Sohn in seinem letzten Jahr schlief, statt ihn anzusehen, hast dich tagsüber schon auf die Spiele gefreut. Dein Sohn, mittlerweile infiziert, angesteckt von dir, durfte wochentags die ersten Halbzeiten sehen, im Schlafanzug neben dir auf dem Sofa, die Beine zu kurz, um an der Kante abgewinkelt zu sein. Im Herbst hast du alle paar Minuten kontrolliert, ob seine Füße warm waren, sie paßten gut in deine Hand, im Winter hast du seine Decke geholt, und er hat die Hölle in Bewegung gesetzt, um nicht einzuschlafen, denn einschlafen war Schwäche. Die Frau in deinem Leben war nicht für so langes Aufbleiben, liebte euch aber so. Und du hast streng wiederholt, daß die zweite Halbzeit nicht in Frage komme, und er fragte morgens beim Wecken im Hochbett, dessen Brüstung dir fast bis ans Kinn ging, so daß du ihn ganz nah vor dir hattest: »Wie hammse gespielt?« In seinen Augen war dieses Leuchten, die Augen der Frau deines Lebens waren deswegen verdreht. Strenge Worte von ihr nun: »Los raus aus dem Bett, im Kindergarten wartet das Frühstück.«

Einmal kam eine kommentarlose Aufzeichnung des Endspiels, Holland-Deutschland, das gegen das andere Deutschland verloren und die bessere Zwischengruppe erwischt hatte, alle glaubten an eine Wiederholung von Ungarn, Schweiz vierundfünfzig, absichtlich verloren: Mythen bilden sich nirgendwo schneller als im Fußball. Und dann die torlose zweite Hälfte vierundsiebzig, dein Vater hatte aus Versehen ein oranges Hemd an, das seine Freunde fünf Minuten vor dem Abpfiff grölend zerrissen, er saß im Unterhemd da, glücklich, besoffen, schütteres Haar und eine Zigarette im Mundwinkel. Deine gleichaltrigen Freunde fuhren nach dem Abpfiff mit Fahnen an den Fahrrädern Ehrenrunden um den roten Aschenplatz, einer stürzte dabei und brach sich vor Freude die Hand. Du warst zum ersten Mal einsam.

Noch bevor dein Sohn weg war, hattest du angefangen gehabt, vor den Spielen die Interviews zu gucken, beiläufig, aber als dein Sohn weg war, sollst du zu verwunderten Freunden gesagt haben, ohne Interviews sei das kein Spiel: »Die Wahrheit liegt in den Interviews.«

Deine Stimme war fest und entschlossen dabei, sieben ist dein Sohn nur geworden, trotz Fußball im Fernsehen, und du hattest jetzt nur noch eines im Kopf, Fußball: Spielpläne, Aufstellungen, Verletzungen, Anstoßzeiten, wenn Freunde anriefen, »wir sind in der Lunabar, kommst du?«, sagtest du nein, es komme ein Spiel. Das Kinderzimmer habt ihr so gelassen, bis jetzt, das habt ihr nicht fertiggebracht, das Zimmer ausräumen, und eine Freundin mußte kommen, es wenigstens aufräumen, das Spielzeug in die Regale stellen, die Kindersachen waschen und in den Schrank legen, weil es sonst überhaupt niemand mehr ausgehalten hätte, wie du es nicht fertigbringst, in ein anderes Land zu ziehen, weg endlich, noch nicht.

Cem grinst, als du sagst: »In der Zwischenrunde gebt ihr höchstens die Ungarn.«

»Gehst du aber mit uns«, bestimmt Cem.

»Keine Frage.« Und wirklich: 2006 ist dein Ziel. Dann endlich abhauen, weg, und wissen wohin.

»War gute Zeit damals zu Sparwasser«, Cem, wenn er so heißt wie der Grill, reibt Daumen und Zeigefinger der rechten Hand aneinander.

»Alles auf Pump«, sagst du, und deine Frau ist schon gleich danach weg, zu ihrer Mutter, die sie pflegt, eine zu pflegende Mutter ist sicher noch besser als ein stummer Mann vor dem Fernseher. Was für ein Glück für sie jetzt das Alter der Mutter.

»War gut gemacht Pump«, meint Cem, »hat Deutschland gute Land gemacht.«

Du siehst den Mann an deinem Tisch an: »Haben Sie es auch gesehen?«

»Vierundsiebzig?« Er verneint, interessiert sich gar nicht für Fußball.

»Das ist aber Geschichte.«

»Sicher nicht«, sagt er, mittlerweile auch den Teller vor sich, und dann eßt ihr eine Weile zusammen, zehn Minuten vielleicht, bevor du die Serviette nimmst, zusammenfaltest, auf den Teller legst, ihm zunickst, aufstehst, die Jacke nimmst, vor an den Tresen, das Portemonnaie.

»Vier«, sagt Cem, weil du das letzte Mal drauf bestanden hast, daß du bezahlst: »Quatsch nicht.«

Die Kasse klingelt, einen Euro zurück, Cem lächelt: »Mein Freund, hat keiner Schuld, weißt du, kommst du rüber.« Über den Tresen weg schafft er es, dir seinen kurzen Arm halb um die Schulter zu legen, und als du wieder die Augen wischen mußt: »Wir sind immer hier, mein Freund, kannst du immer hier kommen, bitte, kannst du dich hier immer Theke setzen, Leben geht immer weiter hier, ist hier immer gute Platz für dich, ja?«

Dann drehst du dich weg, gehst unter dem stumm laufenden Fernseher durch nach draußen auf die Kreuzung, der Blick nach links in die Danziger Straße, die auf deinem Stadtplan noch Dimitroffstraße heißt, was du früher deinen Gästen immer wieder aufs neue erklärt hast, und dann drehst du nach rechts, in deine Straße. Obwohl du gar nicht dabei warst, siehst du genau die Bilder, wie der Laster auf die Kreuzung rollt, er soll grün gehabt haben, auch wenn das nicht geklärt werden konnte, ein Geräusch hat niemand gehört, nur dann die Schreie des Fahrers, Cem hat das rote Fahrrad gesehen, halb war es nur eingeklemmt und sah gar nicht schlimm aus, aber es reicht wenig, und aus ist das Spiel, es ist aus, und dann kommen die Vorwürfe, ein Kind von sieben allein unterwegs, aber einen Helm hatte er schon, und so weiter.

Du siehst auf die Uhr, heute abend ist Europapokal, da hast du mal wieder Glück gehabt. Denn den Fußball, den liebst du. Für seine Sinnlosigkeit.

Dialogisch Manhattan

New York ist für Täter gemacht, nicht für Opfer: Das hatte ihm eine Freundin in Berlin gesagt, zwei Wochen, bevor er abflog. Sie konnte ihr Gegenüber mit einem Auge ruhig ansehen und gleichzeitig das andere um alle möglichen Achsen drehen, um damit den ganzen Raum zu kontrollieren. So sah es zumindest aus, und jedenfalls hat sie das gemacht, wenn sie blau war, und es wurde ihm nur vom Zusehen schon schwindlig.

Er war sicher, sie würde niemals Opfer von irgendwas oder irgendwem sein, und mit der Bemerkung hatte sie ihm vermutlich den letzten Kick gegeben, endlich einmal den Flug zu buchen. Lange, sehr lange schon schob er das vor sich her. Natürlich war er dann gespannt auf der Fahrt und dem Flug: die Sehnsüchte, die Zwiespältigkeit. Nach Plastikland, New York, dahin, wo unsere Zivilisation wieder abenteuerlich wird?

Dabei hielt er sich selbst auch für einen Täter, vielleicht, weil es praktischer ist, und offensiv stieg er in Manhattan aus dem Shuttle. Der Präsident war in der Stadt, überall standen Absperrungen, und der Bus kam nur bis zur Grand Central Station. Ein Freund, oder nein: ein Bekannter vom vorigen Sommer, von einem Treffen ausgesuchter Nachwuchswissenschaftler in Genf, lebte in Stony Brook auf Long Island und hatte ihm ein Zimmer in einem Hostel in der 29. Straße, Ecke 9. Avenue reserviert. Dahin läuft unser Held jetzt. Er sieht an den Häusern im Licht hoch und geht zielstrebig von Kreuzung zu Kreuzung. Argwöhnisch beobachtet er jeden, der neben ihm stehenbleibt, und fühlt sich – na klar – wie im Film, der sein Leben zeigt, oder doch wenigstens zeigen will, und den zu beurteilen er sicher anwesend zu sein hat.

Anhand der Bilder erinnert er sich, als Kind einmal den rauchenden Ätna in den Nachrichten gesehen zu haben: Lava, massig und glühend, rann so langsam wie undramatisch einen Berg hinab, um Häuser herum und schob sich in sie hinein. Dann zeigten sie Menschen, die mit leeren Blicken auf einigen Habseligkeiten vor Häusern saßen, vor irgendwelchen Häusern, so schien es, und der Kommentator sagte, sie seien obdachlos. Unser Held konnte sich das nicht vorstellen, als Kind, das mußte eine andere Welt sein oder ein anderer, geheimnisvoller Planet. Diese Worte konnte er nicht unterscheiden, als Kind, er besaß für sie kein Empfinden und verstand bloß, daß dort etwas Außergewöhnliches, etwas Außerordentliches passierte, etwas Kurioses vielleicht. Laut seiner Erinnerung landeten in derselben Zeit auf dem Mond Menschen, und vom Sofa des elterlichen Wohnzimmers aus, im Halbdunkel vor den blaugrauen, wechselnden Aufnahmen der Sendung, hatten die Ausweisungen *hier* und *da* nicht wirklich räumliche oder zeitliche Bedeutung: Zueinander besaßen sie keine Bezüge. Die wuchsen erst viel, viel später und langsam und manchmal erschreckend zu einer unverständlichen Welt heran.

Das war in der Jugend, in der er dann tatsächlich einmal zum Ätna reiste, zum echten. Es war eine seiner ersten eigenen, auf eigene Verantwortung unternommenen Reisen, und er bestaunte den Vulkan in seiner Wirklichkeit dann auch anders. New York war lange ähnlich, oder genau umgekehrt. Es gab keinen Mord, der nicht dort geschah, keine Liebesgeschichte, die nicht dort spielte, spielen mußte: urbaner Amok, Weltpolitik. Kein Mythos, kein Sommer existierte, der nicht irgendwie mit der Silhouette Manhattans in Verbindung stand. New York: das eigentliche Festland, billige Sehnsucht der Schwimmer? Zweifellos konnte man sich nicht näher und fremder, konnte man nicht freier sein als in New York.

Jetzt ist sein Rucksack schwer, als er den ersten McDonalds betritt, der ihm begegnet. Er will schlichterdings *Pommes Frites* bestellen, aus Hilflosigkeit vielleicht, denkt er, mangels einer anderen Idee, einer besseren, aber der Mensch in der rotweißen Uniform versteht ihn gar nicht einmal. Unserem Held fehlt das richtige Wort. Gestikulierend versuche ich mich mitzuteilen, denkt er und wiederholt sich, zunehmend konsterniert, drei- oder viermal. Ohne Erfolg. Bis eine junge Frau neben ihm steht und lachend: *french fries!* sagt und der Mensch hinter dem typischen, überall gleich flachen, überall mit Aluminiumkasse und Hartfasertabletts ausgestatteten Tresen grinsend die dürren, hell gelben, gezackten und gesalzenen, kurz: die ziemlich profanen Stäbchen eintütet. Schon ist die Frau wieder weg, die Französin war, und unser Held noch auf dem Weg zum Hostel verärgert über die Armut seiner von der Erfahrung im Beruf doch eher glanzvoll gewähnten Sprachkenntnisse.

Der check-in verläuft dann aber reibungslos.

Ohne Gepäck geht unser Held anschließend im Verkehr der Stadt: den Boden New Yorks jetzt unter den Füßen. Die Stadt winkt ihm freundlich zu, scheint es, mit gelben Taxen, die auf den groben Unebenheiten der Straßen gutmütig schaukeln, und überall mit großen Seiten

Zeitungspapier, die über die Kreuzungen wehen und an Ampelpfählen und Fußgängerbeinen vom Wind festgeklebt vorläufig Ruhe finden in ihrer Ziellosigkeit. Mit dreiarmigen Drehkreuzen am Eingang zur subway sieht die Stadt unseren Helden an, mit speziellen Münzen, den *token*. Mit den Bettlern guckt die Stadt aus ihren Augen: rauher. Zwischen den gar nicht immer so aufragenden Häusern zieht sie sich häufig auf ihre Parkplätze zurück, fast immer bewacht, und – nicht so oft – spielen die erwarteten Basketballspieler hinter Zäunen. Als ob er diese Fremde doch schon ganz kennte? Er ist allein, endlich hier, denkt er sich selbst und will gelassen zurücksehen auf das vergangene Jahr und die nun wohl endgültig entsorgte Liebe in ihm.

Er ist in *New York*.

Zu Hause, das fällt ihm jetzt ein, in seiner Berliner Wohnung, seiner Küche in Deutschland, hängt eine Fotografie, oder eigentlich ein Poster einer Straßenszene dieser – ja, was? – Ballung unseres Lebens, dieses konstruierten Ultimatums: Saxophonspieler vor Hochhaus. Darunter ein Zitat der Beauvoir, sie werde New York niemals mit Worten erfassen, sie löse sich vielmehr auf in der Stadt. Vielmehr oder statt dessen, so ungefähr lautet ihr Urteil, und das, findet er, ist zu pathetisch, sagt er sich, das, sagt er sich, ist, gerade wie New York toll finden, bloß kitschig.

New York aber nicht.

Am ersten Abend, dann ganze zwei oder drei Tage streunt er beinahe kindlich erregt über die Insel. Manhattan ist Musik. Es ist April, und die Tage sind kalt. Die Luft daher klar, der Himmel blau. Manhattan ist Farbe, nicht Licht, wie etwa die Toskana, nicht fließend, bloß bunt: Die Farben springen ihn an, knallig ruhen sie in der Sonne. Er läuft über die Insel und erahnt ihre Romantik. Tag und Nacht ist unser Held unterwegs, ununterbrochen und überall hört er Musik auf sich einfallen. Er läuft und läuft, gierig, dann gieriger, er schläft kaum. Die Plattenläden klappert er ab und findet immer neue Raritäten von Hendrix und Prince, Bearbeitungen und Zufallsversionen bekannter Stücke, oder Coverversionen der eigenen Lieblingsmusik. Aus jedem ihrer Töne spricht das versammelte Leben, und diese Juwelen aufzuspüren und vom Nepp schlechter, irgendwo geklauter Aufnahmen zu trennen, von denen in Europa noch jede einzelne ein Vermögen kosten muß, so stellt er sich das vor, macht er zum Sport. Am Washington Square sieht er den Schwarzen zu, wie sie Rap hören: Manhattan hat mit der Aufdringlichkeit deutscher Altstädte, der Ponte Vecchio oder dem Mont St. Michel nichts zu tun. Es ist das Gegenteil davon, und auch mit Berlin will es sich nicht vergleichen, anders als der Allgemeinplatz es vorgibt: Mit New York läßt sich für jedes Produkt werben.

Am dritten Tag überrascht er – *hier bin ich!* – einen zweiten Bekannten von jener Sommerschule, ein Athener, an dessen Arbeitsplatz in der New York University. Unser Held gerät in ein Seminar, wo gerade sein eigenes Forschungsgebiet verhandelt wird. Zufall? Der Vortragende, junger Assistent eines prominenten Instituts auf Long Island, lädt ihn ein, eben dort einen Vortrag zu halten. Er fährt am nächsten Tag zum ersten Bekannten auf die *Lange Insel* hinaus und denkt: unprätentiöser Name. Der Bekannte chauffiert ihn zum Institut, und der Vortrag, schon jetzt bedeutender, gewichtiger, schicksalsträchtiger als alle zuvor, gelingt. Jetzt ist der Held plötzlich entspannt, übermäßig gelöst ist er, gerät in der Runde ins Fabulieren und spaziert am Nachmittag alleine am Strand. Er legt sich erschöpft in die Sonne und schläft trotz frischem Wind ein. Am Abend erreicht ihn eine Einladung nach Princeton. Zweifellos ist er Täter und dies sein Land.

Für die restlichen zwei oder drei Tage überläßt die Geliebte vom Bekannten unserem Helden ihr Apartment, das im East Village liegt. »Sorry«, hatte die Frau mit ihrem isländischen Zungenschlag gesagt, der ihm schon wegen der ausnehmenden Härte gefiel: »It's the pissiest station in town.« Die Wohnungstür würde dazu noch klemmen, darauf solle er achten beim Abschließen und den Schlüssel, wenn er gegangen sei, wegwerfen.

Unser Held, zurück in Manhattan, atmet durch: Da habe ich mir wirklich was angeeignet, sagt die Arbeitsmaschine in ihm, als es Nacht wird. *Fehlte noch eine flüchtige Liebe am Ort, um ganz hier gewesen und eingeschrieben zu sein.*

Am nächsten Tag zieht eine starke Erkältung auf. Er ist nicht überrascht und bleibt allein im Bett. Unten in der unwirtlichen, mit Gefahr lockenden Straße ist das Poets Café, aus der kleinen Wohnung im dritten Stock kann man es sehen, das weiß er in jenem Jahr aber noch nicht. Es wird Sonntag und unser Held fiebrig. Er hört Musik und ruft eine Freundin in Köln an: »Hallo, ich bin in New York! Ja! Klasse ist es, ja, es ist natürlich schon ziemlich klasse!«

Am Nachmittag versucht er zu schlafen. Da klopft es. Er weiß nicht genau, ob das an seiner Tür war, denkt: Für mich kann es nicht sein.

Es klopft ein zweites Mal, und eine Frauenstimme

sagt: »Hello?« Sie spricht so hell und deutlich, als stünde sie im Nebenzimmer. Sein Puls erhöht sich, sowohl in Frequenz als auch in der Stärke, er steht auf. Vom Schlafzimmer geht er durch ein kleines Mittelzimmer in die Küche, da ist auch die Eingangstür. Draußen sagt eine Frau: »But her keys are lying on the table and the shoes are standing there!« Unser Held sieht vor sich hin: Da stehen seine Schuhe und sein Schlüsselbund liegt darüber auf einer Glasplatte. Er begreift nicht, nervös sieht er herum. In seinem Rücken ist das Fenster, davor die immer schon *zu freundliche* Feuerleiter. Man kann von dort in die Wohnung sehen. Spielt er einen der tausend Kinofilme oder spielt einer der tausend Filme mit ihm? – Im Treppenhaus Schritte, schnelle, hastige Schritte, dann Ruhe. Er steht steif hinter der Tür. Jetzt neue Schritte im Treppenhaus, schwere, ruhige und langsame Schritte. Sie kommen herauf. Eine dunkle, ruhige, mächtige, fließende Stimme, ganz schwarz: »WHERE IS IT?«
Die helle, jetzt aufgeregte Stimme der Frau: »Here, here, thirteen!«
Sein Puls geht hinter der Tür.

Es klopft an der Tür, wiederholt, ein schweres, überlegenes Klopfen. Unser Held steht steif hinter der Tür. Die Frau ruft ergreifend, mit dem Quietschen der Panik im hellen Ton: »BUT HER KEYS ARE LYING ON THE TABLE AND THE SHOES ARE STANDING THERE!« Er verharrt, steht statuarisch hinter der Tür.

Es vergeht eine Ewigkeit.
Er spürt die anderen auf der anderen Seite.
Sie atmen.
Jetzt, endlich, gibt er auf, fragt von innen: »Did you knock here?« Augenblicklich ist draußen vollständigste

Stille, eine *Totenruhe*, er steht noch immer unbewegt. Fragt: »Thirteen?« Draußen die Stille, dann fragt der Baß in einzelnen Worten: »WHO – ARE – YOU?« Innen wiederholt unser Held die Frage, spricht aber schneller, mit hoher Stimme, mit nichts anderem als einer Knabenstimme, und betont auf dem letzten Wort: »Who are you?« Die Frau stößt einen kurzen schrillen Schrei aus. Simultan die dunkle, übermächtige Antwort: »PO – LICE!« Als wenn er gesagt hätte: Open the door!

Endlich öffnet unser Held von innen oder besser gesagt, er will die Tür öffnen: Sie ist bereits offen. Sie klemmt nur gerade im äußersten Rand, an der Kante des Rahmens fest, der Sicherheitshebel ist umgelegt, hatte aber nicht greifen können. Seit Samstagnachmittag, seit anderthalb Tagen, seit er sich hier aufhält, ist die Wohnung nicht verschlossen, drang vermutlich Tageslicht durch den Spalt in das Treppenhaus.

Vor ihm steht jetzt der Cop im Türrahmen, ganz schwarz und zwei Meter groß, einen breit, mit dem Alu-Stock in der rechten Hand schlägt er sich lässig in die linke. Hinter dem Cop die kleine Frau, im selben Alter wie unser Held, mit einem verchromten Fahrradlenker in Händen, daneben ein Mann mit einem Baseballschläger, wie die Frau unserem Helden sofort sympathisch. *Naiv*, sagt die Arbeitsmaschine zum Helden, *wehrlos*, sagt sie ihm, eine Stufe tiefer halb um die Ecke im engen Treppenhaus entdeckt er einen zweiten Cop.

»I'm a friend of Heiddis«, sagt unser Held knapp.

»Yu' gat identity?« fragt der Große schmucklos und der Held nickt, geht seinen Paß suchen. Der Cop kommt herein, schreitet die Zimmer der Wohnung ab, ein wenig majestätisch nimmt sich das aus, durchaus majestätisch, denkt unser Held, er sucht die Leiche, denkt er, *wie blödsinnig*, denkt er, der Cop blättert im Paß, sieht unserem Helden ins Gesicht und gibt ihm das Dokument zurück. »You know«, sagt der Cop freundlich, »we are in Nu' Yoack City«, und lächelt ihn trocken an: »Don't trust anybody.«

»That's why I didn't answer«, sagt unser Held hell und der Cop nickt im Weggehen.

Die beiden Stockwerksnachbarn bleiben noch einen Moment. Auf dem Dachboden seien *homeless*, versichern sie. Die Versammlung löst sich aber, kaum daß unser Held sich besinnen kann, wieder auf und er ist allein. Er steht eine Minute herum, zieht sich an, schleppt sich aus dem Haus Richtung Broadway und geht essen.

»Fuck it«, denkt er auf dem Weg, und sein Gehirn grinst ihn blöd an: »Nu Yoack – da mußte dich abarbeiten.«

Namenlose

An einem Wintersonntag kurz vor zwei Uhr nachts sprach sie ihn auf der Straße vor seiner Wohnung an. Wie immer hatte er seine zwei Biere getrunken und auf die Sperrstunde gewartet, die auch im *Türkenhof* Routine, wenn nicht ein Ritual war: An einem der Tische, die um die übergroße, dreischenklige Theke herum Platz hatten, traf er sich täglich zwischen Mitternacht und halb eins mit den Freunden, redete über Politik und manchmal, wie an dem Sonntag mit Joe, auch über Frauen. Als Männerbierrunde blieben sie sitzen, bis gegen halb zwei alle anderen Stühle schon auf den Tischen standen, die Kasse den Tag zusammengerattert hatte und die Bedienungen ihren aggressiven Ton anschlugen, der ihnen so wenig ausmachte wie den vier oder fünf Männern am Tisch.

Vor der Tür verabschiedeten sie sich gewöhnlich mit flüchtigen Gesten. Wohl wegen der Kälte, die ihnen an dem Sonntag auf den Stufen entgegenschlug, waren Joe und die anderen schon grußlos in ihre Richtungen auseinander gegangen, bevor er noch etwas hätte sagen können. Mit dem R4, dessen Motorgeräusch ihn an einen Campingkocher erinnerte, fuhr er durch Schwabing, über die Isar, dann den kleinen Anstieg am Engelsdenkmal hoch, von dem er nicht wußte, wofür es stand. Er durchquerte das schlafende Haidhausen, kreuzte den Leuchtenbergring und kam hinterm Ostbahnhof raus. Statt der hübsch sanierten Altbauten standen hier typische Wohnblocks der Siebziger, und niemand kam jemals zufällig in diese Gegend. Er hatte die Entscheidung, die ihn in einer Kette von Folgen hierher gebracht hatte, selbst und ohne jeden Zwang gefällt, er wußte, daß es keinen Grund zum Bedauern gab, keinen. Die Nüchternheit des Viertels paßte dazu, und ihm gefiel das während der anderthalb Jahre, die er hier wohnte. Er liebte, meinte er, die Ecke und seine kleine, simple Wohnung mit Südbalkon. Oft scherte er sich tagsüber um niemanden.

Jetzt parkte er den R4 ein, stieg aus. Die Kälte brannte auf seinem Gesicht und in der Brust. Mit einem Blick zu seinem Balkon im ersten Stock hinauf ging er über die Straße und um die Hausecke und sortierte gerade den Schlüsselbund, als sie ihn in seinem Rücken ansprach: »Kann man hier noch was zu trinken kriegen, irgendwo?« Ihre Stimme war ungewöhnlich dringend und kontrolliert und vollkommen persönlich an ihn gerichtet.

Er drehte sich sofort um. Sie war fast noch auf der anderen Straßenseite, kam langsam herüber. Ihm war aufgefallen, daß sie nicht bayrisch sprach, daß sie nicht ›bekommen‹ sagte, sondern das norddeutsche ›kriegen‹, und daß sie nicht jenes schöne, für ihn fast exotische, weiche ›ch‹ hatte, wie man es vor allem in München hört. Irgendwie war er sofort mit ihr verwandt oder glaubte es und wußte jedenfalls, daß ihre Frage Vorwand war. Sie lief ziellos durch die Nacht.

Die Kneipe im Haus wurde gerade geschlossen, die nächste, die ihm einfiel, war fünfzehn oder zwanzig Fußminuten weg. Er gab ihr eine Antwort.

»Mein Zug geht um vier«, sagte sie von der Mitte der Straße, »haben Sie vielleicht etwas zu trinken, was Sie abgeben können?«

Sie überquerte den kleinen, gefrorenen Rasenstreifen,

der den Gehweg von der Fahrbahn trennte, stieg dann über den albernen Begrenzungsdraht. Jetzt standen sie voreinander. Ihre Atemwolken stiegen im Lichtkegel der Straßenlaterne auf und verschwanden im Dunkeln. Er bejahte: »Ja, sicher.« Als er ihr die Tür aufhielt und sie unter seinem Arm hindurch ins Treppenhaus ging, sah sie ihn kurz und scheu an. Sie war viel kleiner als er. Vor ihm ging sie die erste Treppe hoch, blieb auf dem Absatz stehen, um ihn vorbeizulassen, folgte ihm still auf der zweiten.

»Ich habe bloß eine Flasche Sprudel da«, sagte er oben etwas lauter über seine Schulter weg und beugte sich in der Kochnische zum Kasten runter. Sie war an der Tür stehengeblieben und konnte ihn dort nicht richtig hören. Wortlos betonte sie ihre Zurückhaltung, stand an der Teppichkante, die den äußeren Flur vom inneren trennte, und wortlos nahm sie die Flasche entgegen. Sie wollte ihm einen Euro geben, aber der Blick bat ihn um etwas, fand er, mindestens. Er winkte ab und sah ihr sekundenlang in die Augen. Sie hielt dem nicht nur stand, sondern beruhigte sich offenbar jetzt und fragte extrem vorsichtig nach einem Glas.

»Ja, komm einfach rein«, sagte er laut.

Schritt für Schritt tastete sie sich in den Raum und bis zum Schreibtisch vor, wo der einzige Stuhl stand. Wahrscheinlich war sie in seinem Alter, knapp dreißig, nicht leicht zu schätzen, da sie anders gekleidet war als er und seine Leute, sich anders gab, wenn man so was jetzt überhaupt ausmachen konnte. Er hatte sie bewußt geduzt. Sie setzte sich unaufgefordert, fragte, »du bist Student«, und nickte bei seiner Antwort: »So was Ähnliches.« Er holte seinen zweiten Stuhl vom Balkon, zwei Gläser.

Sie tranken also Mineralwasser aus Gläsern. Einen kurzen Moment lang stand alles still. Dann fragte er, wieso sie hier in der Nacht unterwegs sei.

Sie sah ihn an: »Mein Freund wohnt um die Ecke.«

Er fand, das war die einleuchtendste aller denkbaren Antworten.

»Ich weiß nicht«, sagte sie schnell, »ob ich klingeln soll bei ihm, und jetzt ist es schon so spät, jetzt geht es nicht mehr.«

Sie war schon über zwei Stunden unterwegs. Sie beobachtete ihn, wie er trank.

»Wenn es dein Freund ist«, sagte er forschend, »kannst du immer klingeln.«

»Und wenn die andere da ist«, sagte sie hauptsächlich zu sich selbst und gerade so laut, daß er es noch hören können sollte.

Er zögerte.

»Ich habe ihn so frustriert«, erklärte sie mit jener Direktheit, mit der sie ihn schon auf der Straße erreicht hatte, »daß er sich eine andere genommen hat, eine Schwarze, jetzt kann ich gar nicht hochgehen, schon wegen Aids, was meinst du?«

Er goß Mineralwasser nach, was ihm lächerlich vorkam. Ob sie rauchen dürfe? »Nicht hier drin, leider.« Nicht nur ihre Stimme, auch ihr Blick flackerte. »Du mußt ja nicht gleich mit ihm schlafen«, sagte er unwillig.

Zwei, fast drei Wochen habe sie ihn nicht gesehen, erklärte sie jetzt traurig und hatte seinen letzten Satz schon mit einer Geste kommentiert: Was er gesagt hatte, war absurd.

Sie schwiegen. Am Freitag der seit ein paar Stunden angebrochenen Woche hatte er eine Prüfung, es würde die letzte für ihn sein, er hatte einen rigiden Arbeitsplan für die vier kommenden Tage Montag bis Donnerstag und schon jetzt einen Fehler gemacht. Nach vielleicht einer Minute wollte sie wissen, woher er denn eben gekommen sei, »um die Zeit.«

»Vom Fernsehgucken«, gab er zurück, und sie sah ihn unwillig an, antwortete aber nichts, ließ ihren Blick in seinem Zimmer herumwandern, sagte dann beiläufig: »Welches Programm?«

»Immer dasselbe.«

»Jeden Tag«, stellte sie lapidar fest, sah dabei hinter sich, wo auf einem kleinen Podest der Futon lag.

»Fast«, sagte er streng, aber der Ton schien sie noch sicherer zu machen, und sie sah ihn wieder an: »Hier hast du ja auch kein Wohnzimmer.«

»Und keine Kumpels zum Biertrinken.«

Sie nickte ablehnend.

»Und Belanglosigkeiten reden. Ist nach einem langen Tag aber sehr angenehm.«

Sie nahm sich eine Zigarette aus der Packung, spielte damit.

»Du arbeitest sonntags?«

Er arbeite immer, sagte er, und sie fragte, ob immer dieselben da wären zum Biertrinken.

»Ein Stamm von zwei sicheren, zwei sehr wahrscheinliche, ein seltener.«

»Wo denn?«

»Schwabing.« Er hatte jetzt wieder einen neutralen Ton gewählt und redete schneller.

Wer der seltene war, fragte sie.

Er lachte: »Joe.«

»Und? War Joe heute da?«

»Ja«, sagte er nachdenklich, denn mit Joe hatte er lange in der engen Gasse zwischen Theke und Tischen gestanden, und Joe hatte erzählt, wie seine Geliebte mit einer androgynen Freundin und der Bemerkung, sie müsse mal ohne Mann sein, nach England gegangen sei, von wo sie sich seit Wochen kaum meldete. »Sonst hätte ich ihn wahrscheinlich gar nicht mitgezählt. Er gehört nicht wirklich dazu.«

»Wohin gehört er?«

»Nirgendwo hin.«

»Wie ist er denn, der Joe«, fragte sie freundlich.

»Schnorrt sich Biere mit Geschichten zusammen, lustiger Typ.«

Sie nickte. Er wollte auch eine Zigarette, sagte, sie könnten draußen rauchen, aber sie wollte nicht in die Kälte.

»Hat er heute eine Geschichte erzählt?«

»Seine Freundin ist mit der Bemerkung, mal ohne Mann sein zu müssen, nach England gegangen.«

»Und?«

»Sie haben zwei Jahre jede Nacht in einem Bett geschlafen. Jetzt meldet sie sich nicht«, sagte er, und weil sie nicht reagierte: »Ist eigentlich eindeutig.« Sie nickte und zog die Schultern zusammen, als ob ihr kalt wäre. Dann sah sie im Zimmer umher.

»Wie kann man bloß so wohnen?« fragte sie harsch, und er erschrak. Seit Wochen war niemand bei ihm gewesen. Auf dem Boden lagen kleine Papierstapel verteilt, Bücher hatten sich in der Folge des Lesens und Anlesens zu Türmen hochgewachsen, andere waren noch nicht ausgepackt worden nach dem Kauf. Er wußte, in welcher Reihenfolge seine Platten gerade standen, Videokassetten mit Hendrixkonzerten lagen herum, er kannte sie auswendig. Eine Phädraaufführung hatte er zweieinhalbmal angesehen. Am Bett stand eine Flasche mit einem Rest Rotwein. Auf dem großen Schreibtisch häufte sich alles mögliche. Er wußte von jeder Kaffeetasse, jedem Weinglas seiner Burg genau Bescheid, welche Briefe er wann bekommen hatte, und wo jeder von ihnen zufällig zuletzt liegengeblieben war. Er wußte genau, wer ihn anrief, und wer vielleicht anrufen konnte, und daß er viel zu arbeiten hatte, abends zur Türkenstraße hinüber fahren und einmal in der Woche nachmittags zum Sonnenstudio im Ostbahnhof laufen würde. Im Schneematsch ging er da immer an den Taxis vorbei zur ganz verglasten Vorderfront des Landes, verschwand unter den Blicken koffertragender Durchreisender in einer der kleinen Boxen, wo er sich auszog, nackt zwei Fünfer in einen Schlitz warf, eine Plastikfolie über die Plexiglasbank spannte und nach dem Drücken des Startknopfes sich für zwanzig Minuten in die brummende Presse legte, um den Stoffwechsel in Gang setzen zu lassen. Er war wirklich nicht unglücklich, aber jetzt vom zweiten Stuhl aus schien seine Ordnung lieblos.

»Wieso«, gab er gereizt zurück, »ich bin hier am arbeiten, das hat System.« Und nach einer Pause: »Ist ja nicht für Besucher gedacht.«

Sie antwortete nicht. Ihre Anwesenheit füllte den kleinen Raum mehr als aus, schweres Parfüm schwebte herüber. Er hatte sie von der Straße geholt, und jetzt bewegte sie sich auf dem unbequemen Stuhl, als hindere nur die Körperlichkeit sie am Frohsein oder die Kleider waren es oder der Kopf oder der Mann nebenan, und am Schluß, das war jetzt klar, würde er es sein. Wieder in die Nacht gehen lassen konnte er sie nicht, dazu war es nach seiner Einladung zu spät, er hatte als Helfer angefangen, und zwischen zwei Menschen werden die meisten Regeln in den ersten zehn bis zwölf Minuten gemacht. Sie verletzte diese so wenig wie er.

Noch mal schlug er vor, auf dem Balkon eine zu rauchen: »Ich muß auch bald schlafen, die nächste Woche ist nicht die einfachste.«

Auf dem Balkon zitterten sie, und während sie den Rauch zusammen mit ihrem kondensierten Atem geradeaus blies, beugte er seinen Kopf dafür nach hinten und schob den Unterkiefer vor, fast wie es ein Hund tut, wenn er heult. Dabei fiel ihm auf, daß die Balkontür im dritten Stock gegenüber einen Spalt offen stand, genau wie schon gestern und vorgestern. Auch das Licht brannte seit Freitag unverändert.

»Du mußt die Polizei rufen«, sagte sie so bestimmt wie unaufgeregt.

Erst zögerte er, ging dann aber zum Apparat, wurde mit der Dienststelle in seiner Nähe verbunden und erklärte die Situation. Man fragte ihn, ob er die Nachbarin kenne. »Vom Sehen.« Den Namen immerhin wußte er, seit er einmal ein Paket angenommen hatte, das sie am selben Abend sich freundlich bedankend abgeholt hatte.

»Welches Alter«, fragte der Polizist.

»Mitte dreißig.«

Nachdem der Polizist seinen Namen mit Adresse und Telefonnummer und den der Nachbarin notiert hatte, ließ sich ein zweiter Beamter auf einer anderen Leitung über die Auskunft verbinden, aber niemand meldete sich.

»Sie wollen, daß wir kommen und die Tür aufbrechen?«

Gar nichts wolle er, außer melden, was er beobachtet

habe. Beim Telefonieren sah sie ihn ungerührt an. Der Polizist fragte, um welche Sorte Person es sich bei der Nachbarin handelte.

»Was meinen Sie?«

»Das wissen Sie sicher«, sagte der Polizist, »irgendwelche Auffälligkeiten?«

»Auffallend freundlich«, sagte er, »sonst nichts auffallendes.«

»Was für eine Stimme hat sie?«

»Ganz normal. Ich habe nur einmal mit ihr gesprochen.« Beim Sprechen sah er sie an, aber sie nickte nicht, sie lehnte auch nichts mit einem Kopfschütteln ab oder ließ überhaupt erkennen, daß sie dem Gespräch folgte. Sie beobachtete ihn nur. Er zitterte, und der Polizist fragte, wieso. »Weil ich bei minus fünfzehn Grad auf meinem Balkon stehe.«

Der Polizist bat ihn, hinüberzugehen und zu klingeln. Zuerst wehrte er sich, er wollte um die Zeit nicht mit der Nachbarin reden, sollte sie doch da sein, aber er wollte die Frau von der Straße auch nicht in seiner Wohnung allein lassen. Daß sie nicht mitkommen würde, ahnte er. Um sich keine mögliche Blöße zu geben, stimmte er schließlich doch zu, legte auf, sagte ihr, daß er hinübergehe, um zu klingeln, sie nickte, sagte schnell und ruhig: »Ich warte hier.« Sie ging vom Balkon mit hinein, setzte sich wieder auf den Stuhl, auf dem sie zuvor gesessen hatte.

Es dauerte nicht lang, bis er die Treppe des einen Stockwerks hinuntergesprungen und über den Gehweg gelaufen war, wo er sie vorhin getroffen hatte. Schnell war er um die Ecke, an seinem R4 vorbei, hatte geklingelt, ohne wirklich auf eine Antwort zu warten, sich umgedreht, und mit einem Blick zu seinem Balkon, auf den jetzt das Licht aus dem Zimmer fiel, passierte er die Hausecke abermals und schloß die Tür wieder auf. Die Treppe ging er langsam hoch. Er versuchte zu überlegen, was ihn erwarten konnte. Ein paar Augenblicke später sah er sie wieder an seinem Schreibtisch sitzen.

Sie fragte nicht: »Und?«

»Nichts«, sagt er aber, und sie: »Komisch.«

Der Polizist war gleich dran.

»Nichts.«

»Wenn wir jetzt kommen und reingehen«, sagte der Polizist, »ist die ganze Straße wach.«

Da er nicht antwortete, sagte der Polizist: »Vor drei Monaten gab es einen solchen Fall, und die Kollegen sind nicht reingegangen. Später stellte sich raus, daß die Frau zu diesem Zeitpunkt noch gelebt hat. Laut Obduktion jedenfalls.«

»Kann auch ein Mann tot sein«, sagte er.

»Sehr unwahrscheinlich«, sagte der Polizist sehr langsam. »Was meinen Sie, gehen wir rein? Wir könnten über den Balkon gehen.«

»Ich meine gar nichts, außer daß hier bei Frost seit drei Tagen die Balkontür einen unveränderten Spalt aufsteht und das Licht brennt. Der Rest ist Ihrs.«

Der Polizist seufzte, sagte, er mache sich wahrscheinlich zum Idioten, kündigte einen Mannschaftswagen und die Feuerwehr an, bedankte sich und legte auf.

»Sie kommen«, sagte er noch mit dem Telefon in der Hand zu ihr, als ob sie zusammen schon eine Reise in die Wüste gemacht, eine lebensbedrohliche Krankheit überstanden oder gegenseitig die Großeltern begraben hätten, und sie sagte: »Gut.« Dann fragte sie, ob er eine Freundin habe. »Gehabt«, sagte er.

Er steckte sich eine neue Zigarette an und rauchte still, sie ging ins Badezimmer. Zuerst kam der Mannschaftswagen der Bereitschaftspolizei, dann der Leiterwagen der Berufsfeuerwehr, dann ein Streifenwagen. Motoren wurden abgestellt, Blaulichter drehten sich lautlos, Kommandos wurden unaufgeregt in Funksprechgeräte gesprochen. Die Polizisten klingelten bei der Nachbarin, überquerten die Straße, klingelten bei ihm, zwei Beamte in Stiefeln kamen herein und befragten ihn erneut, wollten seinen Personalausweis sehen, notierten etwas, nickten, gingen wieder. Draußen besprachen sie sich mit dem Hauptmann der Feuerwehr, der auch nickte, sich umdrehte, seinem Fahrer winkte, woraufhin der Leiterwagen sein orangefarbenes Signallicht einschaltete und rückwärts in Stellung fuhr, oben dabei in den Bäumen Äste knickend.

Als sie aus dem Badezimmer kam, hatte sie frisches Parfum aufgelegt. Er stand hinter der geschlossenen Balkontür und rauchte. Blaues und oranges Licht wechselten sich auf seinem Gesicht und dem Zigarettenqualm erst ab, dann mischten sich beide, weil das Signal der Feuerwehr schneller rotierte, dann entmischten sie sich wieder, orange hatte blau überholt. Draußen dröhnte der Dieselmotor des Leiterwagens beim Hochfahren der Leiter. Weitere Äste wurden gebogen, brachen und fielen auf die Straße. Ein Feuerwehrmann und zwei Polizisten stiegen nacheinander hinauf, traten auf die Brüstung des Balkons und sprangen hinein. Nach einer Minute oder zweien schob einer der Polizisten die Tür ganz auf, und sie betraten die Wohnung. Einer auf der Straße, offenbar der Einsatzleiter, erhielt Angaben auf sein Funkgerät, gab Anweisungen. Nach wenigen Minuten waren seine

Leute durch das Treppenhaus nach unten gekommen. Der Feuerwehrhauptmann bekam ein Zeichen, die Leiter wurde mit nur leicht vermindertem Motorenlärm wieder eingefahren. Mittlerweile waren in zwei Wohnungen gegenüber die Lichter angegangen, einen Nachbarn konnte er im Dunklen hinter seiner Gardine stehen sehen. Sie drehte sich zu ihm.

»Und wo ist sie?«

»Die Nachbarin?«

»Die Freundin.«

»Weit weg, keine Ahnung.«

Während sich die Feuerwehr unten vom Einsatzleiter verabschiedete und seine Kollegen die abgebrochenen Äste einsammelten, schlug er vor, sie zum Freund zu begleiten: »Ich klingle für dich.« Sie schüttelte herrisch den Kopf oder nur störrisch oder wie ein Kind in Angst. Er setzte sich an den Schreibtisch und atmete aus.

»Woran ist es gescheitert?«

»Was?«

»Mit der Freundin.«

»Wenn sie mich umarmt hat, war sie gar nicht bei mir.«

Ob sie an jemand anderen gedacht habe?

Das wußte er nicht.

»Hast du sie nicht gefragt?«

Hatte er nicht. Er goß Mineralwasser nach und konnte sich nicht gegen die Erinnerung wehren, wie er das erste Mal unvorbereitet und unerfahren mit Karin im Bett gelandet war. Sie hatte ihn gesteuert und das verblüffend gut raus gehabt. Ohne Worte war er aufgefordert gewesen, sich gehenzulassen, und brachte alles zwischen ihre Bäuche, wo sie die warme Masse mit ihren Kinderkörpern lachend aufeinander verteilten, bis auf ihre hellen kleinen Brüste herauf und auf seine. Der Samen zog ein bißchen ein, trocknete aber vor allem schnell und wurde zu einem dünnen Silberschimmer auf der Haut. Am Abend hatte er dann gedankenlos geduscht, und als sie sich am nächsten Tag auf dem Schulhof wiedertrafen, zog sie ihn in eine Ecke, küßte ihn auf die Wange, bog ihren Oberkörper zurück, strich mit der Hand darüber, lächelte froh und sagte ihm ins Ohr: ›Ich habe dich seit gestern mit mir rumgetragen.‹

»Nein«, sagte er, er hatte Karin nicht gefragt.

Zuletzt hatten sie nächtelang miteinander telefoniert. Mit weicher Stimme hatte sie ihm dann zum Beispiel von einem Vierzigjährigen erzählt, mit dem sie am vorigen Nachmittag zusammengewesen war, und dazu gesagt: ›Keine Ahnung, wie das wieder kam.‹

»Komisch«, sagte sie.

»Sie mochte Jungs und Männer, fast wie man Katzen oder Hunde oder Pflanzen mag, mit Hinwendung und ein bißchen Mitleid. Sie konnte sich ihrer bedienen.«

Sie sah ihn aufmunternd an: »Wie hat sie gerochen?«

»Nach frischem Brot und Zigaretten und nach Großzügigkeit.«

Es klingelte. Der Polizist vom Telefon kam mit einem Formular in der Hand hoch.

»Nichts«, sagte er genervt, »niemand zu Hause.«

»Komisch.«

»Die Wohnung ist vollkommen in Ordnung, keine Auffälligkeiten, aber hoffentlich finden wir sie nicht irgendwo anders.«

Er mußte ein Protokoll unterschreiben.

»Gute Nacht.«

Er nickte dem Polizist zustimmend zu, schloß die Tür.

»Als sie das letzte Mal anrief, habe ich idiotischerweise behauptet, verheiratet zu sein.«

Sie nahm sich ihr zweites Glas Wasser, er fragte, wo sie wohnte.

»An der Isar, im Frauenhaus.«

»Ich fahr dich hin.«

Sie schüttelte den Kopf wie vorhin.

»Und deine Eltern?«

Sie erzählte, woher sie kam. Ihr Vater hatte offenbar einen echten Schaden, ihre Mutter war sonstwo, nicht erreichbar. »Viel wichtiger als woher man kommt, ist eh«, meinte er schließlich, »wohin man geht.« Es dauerte eine Schrecksekunde, bis sie reagierte, atemlos, mit großen Augen und Mund ihn anstarrte und sagte: »Ja – super.«

Er versuchte seinen Widerwillen zu verbergen: »Was machen wir jetzt?«

Im Frauenhaus, sagte sie, hasse sie alles: »Die machen immer gleich so ein Gesicht, wenn ich meine Wäsche aufhänge.« Er stockte. Ihre Stimme war jetzt anzüglich oder höhnisch, er sah weg. »Das ist gleich zuviel für die«, setzte sie nach und fixierte ihn, »wenn man ein bißchen was Ausgefallenes trägt.« Er wurde still und sah ihren vollen Körper vorsichtig an. Sie verzeichnete das zufrieden. Es mußte jetzt etwa vier Uhr sein.

»Was hältst du von Bukowski«, fragte sie.

»Scheiße«, sagte er, »der letzte Mist. Wieso wohnst du im Frauenhaus?«

»Er hat Bukowski gelesen«, meinte sie, »er findet das total klasse, Bukowski, ich weiß auch nicht, was ich von ihm halten soll, und jetzt mit der Schwarzen, wahrscheinlich ist die jetzt auch da.«

Er brummte etwas, dann entstand eine Pause.

»Bukowski ist jedenfalls echter Dreck«, sagte er noch mal gereizt, »wenn er das jetzt nachmachen will, vergiß es.«

Sie überlegte, ob sie die letzten tausend Euro, die sie hatte, in zwei Wochen Mallorca investieren sollte, um nachzudenken und dann das zu tun, was für sie richtig war. Sie fragte ihn, was er davon halten würde. Er wußte es nicht. Er schlug ihr noch mal vor, zum Freund rüberzugehen, und sagte wieder: »Ich komme mit und klingle für dich.«

Sie antwortete nicht. Beide schwiegen. Dabei sah sie ihn herausfordernd an. Er spürte seinen Puls in der Halsschlagader, sie starrte auf die Stelle, sagte gleichzeitig: »Ins Frauenhaus geh ich auf keinen Fall, die Hexen da machen mich fertig.« Und nach einer Pause: »Für die bin ich eine Sau.«

Mit Reden waren sie zu Ende.

»Dann muß ich hier schlafen«, sagte sie selbstsicher. Er nickte, und ging ins Bad, um sich die Zähne zu putzen. Er hörte, wie sie etwas auszog. Als er zurückkam, stand sie in Nylons und Unterhemd vor dem Bett, legte sich dann an die Wand, mit den Füßen zum Kopfende: »So rum natürlich«, sagte sie, »zur Sicherheit.«

Ob sie ein Kissen bräuchte.

»Nein, danke.«

Er machte das Licht aus, kippte die Balkontür, legte sich auch hin und war froh um die Ruhe, obwohl er halb wach blieb. Ihr schweres Parfüm bedeckte ihn. Eine Stunde ging das so oder drei. Er würde morgen ins Sonnenstudio gehen, beschloß er in dieser Endlosigkeit, weil das eine gewisse Ehrlichkeit hatte: Wenn die Wärme seinen Körper durchdrang, das Gebläse den lauen Wind einer Südseeinsel simulierte und er seine Biologie genoß. Im Morgengrauen muß er schließlich eingeschlafen sein. Sie weckte ihn mit einem harten Ellbogenstoß in den Oberschenkel und bewegte sich nervös. Er schlug die Augen auf, da waren ihre Beine. Er griff eine Fessel, hielt inne, rieb das Nylon auf ihre Haut, die Anspannung wich. Eine Minute blieben sie so, dann machte sie sich frei und stand auf.

Ohne Kaffee getrunken zu haben, fuhr er sie schweigend zur Isar hinunter. An einer Kreuzung ließ sie sich absetzen, sagte, das Haus sei in der Nähe. Sie stieg aus, sah ihn kurz an und sagte freundlich: »Danke.«

»Besser' dich«, sagte er, und ihre Antwort war ein Blick voll Wut und Enttäuschung. Sie schlug die hohle Blechtür zu, und er drehte und ärgerte sich über diesen letzten Satz. Wieder zu Hause schlief er in ihrem Parfum bis in den Nachmittag. Dann setzte er sich an seine Arbeit.

Das weiße Herz

Daß er die Kurve nicht kriegte, als ich Silvester auch nur erwähnte, hatte ich zuerst auf den Alkohol geschoben. Es war weit nach Mitternacht, zudem Weihnachten, wir zu zweit, hatten gut gegessen, saßen mit einem Wein am Kamin, und, im Ernst, draußen schneite es in die von den Bodenstrahlern beleuchteten Tannen. Frieden, Alkohol, eine Frau vor der Nase, die sich im Sessel räkelt, gut riecht und sonst keine Anstalten macht: Das muß eine Art Grundsituation für einen Kerl sein, dachte ich gleich, um sich den Sinnkrisenvirus mit akuter Weltrettungsphantasie einzufangen. Meist hält die Krankheit aber nicht lange an, höchstens eine halbe Nacht, bei Pierre war es immer so gewesen, und ich amüsierte mich nicht schlecht, als Thomas tatsächlich sagte, 2000, das sei eine Zahl wie ein Gletschersee in der Morgensonne gewesen. »Echt?« 2000 habe alles gezeigt. »Was denn?« Daß die Menschen gehorchten. »Ach so!«

Während er sich noch einen Wein einschenkte, nachdem ich die Hand flach über mein Glas gelegt und verneint hatte, erklärte er, daß man ja damals schon ein paar Jahre die Behauptung durchgehalten hatte, eine neue Zeit sei angebrochen. Freier Informationsfluß, so schnell nach dem Kalten Krieg! Digitalisierung plus Demokratie gleich freie Republik der Elektronen sozusagen, auch wenn das Telefonkabel schon hundert Jahre alt war, und übrigens, was nicht unwichtig sei, mit einer irrwitzig hohen Fehlerquote benutzt wurde. Von wegen digital. Ohne Fehlerquote wäre der Abenteuercharakter nicht transparent geworden, der zu jeder Entwicklung gehöre.

Unperfekt sein sei in einem solchen Moment ganz wichtig, die einzige Möglichkeit zu vertuschen, daß es niemals etwas Neues unter der Sonne gebe. »Versteh ich«, sagte ich hoch erfreut, denn seine Aufregung gefiel mir.

Ich hielt ihn hin. Revolutionen des Bewußtseins seien angekündigt worden, führte er aus, emanzipierte Völker, gestürzte Lügenregimes. Ganze Industrien seien aus diesem Unfug entstanden, Gesellschaftsordnungen habe man stabilisiert. Und weil niemand je anhalten könne, sei die Avantgarde schließlich am Gespräch über den kommunizierenden und deshalb schon intelligenten Kühlschrank zu erkennen gewesen, der Pizza backen konnte, wenn sein Besitzer gar nicht zu Hause war. Schön eigentlich, daß er mal nicht über Marga oder Paula redete. Ich lachte, hielt ihm mein Glas doch noch einmal hin, er schenkte mir nach, und ich strich mir über Bluse und Bauch, was ihn sichtlich noch weiter beflügelte: Und dann sei 2000 gekommen. Ein paar frustrierte Computerkollegen hätten nicht mehr aushalten können, wie unwichtig ihre Arbeit, ihre kleinen Maschinchen und sie selbst samt ihrer Fehler seien. Sie fingen an, von der Apokalypse zu faseln, zwei Nullen würden die Welt auf den Kopf stellen. Ein paar Geschäftsleute erkannten das Potential, sie finanzierten sich vor und zogen nach, »und was«, fragte er wie ein Kabarettist, »passierte?« Ich sah ihn möglichst erwartungsvoll an. »Die Welt gehorchte«, gab er zur Antwort, wie sie immer gehorcht habe, weil sie nichts lerne! Einige von schlecht bezahlten Menschen in der dritten Welt zusammengelötete Platinen hätten die Menschen zu diesem unglaublichen und zufälligen idiotischen Datum glauben lassen, es sei eine neue Zeitrechnung angebrochen, die Diktatur des Elektrons! Der Katastrophenschutz sei flächendeckend in Bereitschaft gewesen, Familienväter hätten zu Hause am Telefon gehockt, Firmenchefs hätten allein in ihren Büros gefeiert, als ob sie dort etwas gegen den Zerfall ihres Lebenswerkes hätten tun können oder weil die Folgenlosigkeit des Zerfalls sie der Beliebigkeit preisgegeben hätte, die sie in ihren Ahnungen längst besucht, wenn nicht heimgesucht hatte. Mütter mit Kleinkindern auf Schößen, Evakuierungsplänen und Taschenlampen in beiden Händen hätten an Fenstern gesessen, die Koffer an der Tür zum Verladen bereit. Nicht viel habe gefehlt, und die Gegenrevolution wäre zuerst ausgebrochen. Zahllose maskierte Halbidioten hätten bewaffnet die Zentralbank, das Kanzleramt oder das Hauptstadtstudio des Fernsehens stürmen und ›Nieder mit aller Kultur‹ brüllen können. »Aber was geschah«, hatte er, wild lachend, gefragt. Ein Tropfen Wein lief an seinem Kinn hinab, und er wischte ihn mit dem Handrücken weg. »Nichts geschah!« Es geschah nichts!

Wie Endlospapier aus einem Drucker kam die Rede aus seinem Mund und faltete sich davor Blatt für Blatt zusammen: Es habe genieselregnet, was dämpfend gewirkt habe, geradezu beruhigend, wie überhaupt das Wetter einen Einfluß auf den Gang der Geschichte haben soll. Nur ein paar ausgesprochen kleine Probleme meldeten die stoischen Nachrichten. Schon am zweiten Januar, stellte er triumphierend fest, wußte niemand mehr, welche. Das Ende der Papierrolle war erreicht. Das letzte Blatt fiel geräuschlos auf den Stapel. Ich fing die Situation auf, indem ich schlicht »stimmt« sagte und seufzte. Ich sah ihn an. Dann stand ich auf. Mein Rock machte dieses Geräusch, und ich legte mich in die Infrarotstrahlung des Feuers. Er grinste. Krausel hatte sich in die Küche verzogen und stand wahrscheinlich unentschlossen vor ihrem Napf. Über Silvester sprachen wir nicht mehr.

Am nächsten Morgen verabredeten wir uns, abends gemeinsam zu kochen. Er wollte einen Wein mitbringen. Daß er sich gegen Silvester wirklich sträuben würde, hatte ich nicht im Ernst geglaubt. Ich hatte mich auf den Abend gefreut. Wir waren ja insgesamt an einem wirklich guten Punkt. Wenn letztes Jahr noch die Erschöpfung überwogen hatte wie nach einer überwundenen Krankheit, die nicht wiederkommen kann, dann hatten wir jetzt auch die anschließende Kur abgehakt. Beim Einschlafen alberten wir rum, ob sein Bart schlimmer kratzte, als meine Haarspitzen kitzelten. Wir wunderten uns manchmal darüber, wie weit weg uns beide Trennungen schon vorkamen. Sogar die Kritik an der Hochzeit, daß sie überstürzt wäre und unnötig und Paula nur wehtun würde, war eine Erzählung aus einem anderen Leben, und das werteten wir als Beweis für die richtige Entscheidung. Und Paula selbst schien froh über das Glück ihres Vaters, Kinder haben ja ein sehr gutes Gespür für den Zustand ihrer Eltern. Sie wollen Stabilität und Selbstbewußtsein viel mehr als die eine Einigkeit, die sie als gegeben nur dann ansehen, wenn alle dies tun. Was schon lange vorbei ist. Im Sommer, als wir bei Else und Mark im Garten saßen, ihr Junge spielte mit Krausel und seinem eigenen Hund auf der Wiese, legte Paula ihre Hand Mark auf den Unterarm, um zu sagen, er solle nicht traurig sein, für ihn fänden wir auch noch eine Wohnung und eine Frau. Wir lachten. Und dies Lachen war wie ein guter Traum, aus dem du erwachst.

Weihnachten war Paula bei ihrer Mutter, Silvester würde sie bei uns sein. Unser erstes richtiges Silvester wollte ich schon deshalb ein bißchen planen, wobei, planen ist übertrieben, besprechen einfach nur. Die Praxis hatte ich wie immer zugemacht. Wegen zwei wichtigen und nicht wehleidigen Patienten bin ich aber doch in die Stadt gefahren, und über zwei Briefen und weil ein Servicemensch des neuen Verwaltungsprogramms mit der Installation nicht fertig wurde und den Rechner blokkierte, ist dann fast der ganze Tag zerronnen. Kurz vor sechs war ich zu Hause, leicht genervt, meine Periode kündigte sich für den nächsten Tag an.

Thomas arbeitete normal. Er kam nach mir, vielleicht zwanzig, dreißig Minuten nach mir. Ich saß im Wohnzimmer auf dem Sofa und las, die Beine angezogen. Krausel hatte sich neben mir eingerollt, als ich den Schlüssel im Schloß hörte und wie er den Mantel an die Garderobe hängte. Schuhe aus, im Bad das Hemd. Natürlich hätte ich aufstehen können und ihn begrüßen. Aber wir schätzen es, wenn jeder seinen Platz und seine Minuten für sich hat. Ich hörte, wie er sich die Zähne putzte, das macht er, wie sich andere beim Nachhausekommen die Hände waschen. Ich mag das.

In Papier eingeschlagen hielt er den Wein in der Hand, als er in einer dünnen hellen Leinenhose und seinem knallroten Fleeter ins Wohnzimmer kam, er wickelte die Flasche aus, mich beinahe gleichzeitig dabei küssend, aber nicht ansehend. Er roch nach dem zurückliegenden Tag: Büro, Auto, ein bißchen Schweiß, in den Haaren Zigarettenqualm, sein Atem nach Kinderzahnpasta. Wir hatten wieder vergessen, für uns neue zu kaufen. Sein frischer Bart hatte kurz an meiner Oberlippe gescheuert, der Kuß hatte nicht ganz gesessen. Diese männliche Rauhheit, ich mag sie.

»Hallo, wie war dein Tag?«

»Ganz gut.«

»Hunger?«

»Und wie.«

Der Wein war ein Spanier.

Ohne viel zu reden haben wir gekocht. Ich briet das Lamm, er schnitt Tomaten, Radieschen, eine Gurke, schleuderte den Salat, und wir tischten gemeinsam auf. Setzten uns, stießen an.

»Auf das Jahr.«

»Welches?«

»Das nächste noch nicht, das bringt Unglück!«

»Also daß dies jetzt zu Ende geht. War ja ein gutes.«

Auch ein wirklich guter Wein war das. Ich hatte zwei Kerzen angezündet. Krausel rollte sich in ihrer Ecke, aber im nachhinein glaube ich, seine schlechte Laune wäre spürbar gewesen, obwohl man ja nie weiß, ob die Erinnerung einem diesen Eindruck nicht nachträglich in die Bilder einarbeitet, die man noch parat hat, die einzelnen Bilder, die wir leider nur haben und in deren Abfolge wir zwanghaft Sinn bringen wollen. Hätten wir, wie man es von Elefanten behauptet, lückenlose Filme, dann hätten wir vielleicht auch Verständnis, vielleicht auch Gutmütigkeit. Aber woher will man das wissen? Seine Reaktionen waren allesamt sehr sparsam.

Ich erzählte von Peter und Lara, daß sie nun eine künstliche Befruchtung versuchen, er sagte, »ah ja«, und vom Nachbarsohn, der laut seiner Mutter einen Vertrag als Fußballspieler unterschrieben hatte. Um sich abends Neuigkeiten zu erzählen, braucht man ja keine Begründung. »Ehrlich«, sagte er auch, »bei welchem Verein?« Das hatte ich vergessen, sagte, »kein wichtiger Verein offenbar«, aber einem Mann muß das wahrscheinlich komisch vorkommen, Hunderte von Spielern und Spielen kennt er auswendig und könnte sich ohne weiteres einen kompletten solchen Abend über Fußballer und Fußball aus der 2. Liga unterhalten, wenn er es nicht vorzöge, ihn immer nur zum Alleinsein zu benutzen. Ich laß ihm das gern, bei Pierre war es nicht anders, und man kann so auch zusammen sein und trotzdem Zeit für sich haben. Ich kam spielerisch auf Silvester.

»Du, an Silvester«, hatte ich gerade mal gesagt, und ohne mich den Satz nur ausreden zu lassen, witzelte er: Er müsse wirklich ein Clown sein, habe er heute morgen gedacht.

»Ein Clown?«

Daß er dreihundertmal im letzten Jahr zur Arbeit gefahren ist, sagte er, an der Ampel gestanden hat und das Wetter gehört! Er war jetzt lebhafter geworden, was ich mißdeutete. Statt zu widersprechen, stieg ich darauf ein: »Stimmt, dreihundertmal ist jeder morgens dahin gefahren. So gesehen ist ein Jahr ganz schön lang.«

Aber seine Rechnung war anders: Tausend Wetterberichte in drei, vier Jahren, in zwanzig Jahren mehr als fünftausend Berichte! Zuerst habe er gemeint, sich vertan zu haben, und doch, keine vierzig sei er und fünftausend Wetterberichte habe er auf dem Hinweg gehört, dazu fünftausend Wetterberichte abends um halb sechs auf dem Rückweg. Zehntausendmal den Wetterbericht, der im Winter Graupelschauer im Dunkeln vorhersage und nur selten Schnee in der Ebene. Im April dann wechselhaftes und bis in den Mai noch instabiles

Wetter in der Dämmerung. Im Sommer durchziehende Regengebiete bei Tageslicht, Sommerzeit sei nun mal Regenzeit nördlich der Alpen, auch wenn es jedes Jahr aufs neue niemand wahrhaben wolle, keiner in die Statistik schaue oder ihr glaube. Wir gabelten jetzt auf den Tellern rum.

Natürlich war ich enttäuscht. Er hatte sich nicht auf den Abend gefreut: Vor dem Wetterbericht, fuhr er ohne zu witzeln fort, vor dem Wetterbericht, der sehr selten einen goldenen Herbst ankündigen würde, habe er zehntausendmal die Nachrichten gehört. Zehntausendmal Kurzmeldungen über Pleiten, Krisen, Bürgerkriege, Naturkatastrophen, manchmal ein Banküberfall mit Menschenraub oder ein Flugzeugabsturz, dazu Vermischtes und Sport. So sähe das aus, sagte er fest, und so würde das auch in Zukunft aussehen.

Ich hab dann mit den Schultern gezuckt und gemeint, er müsse merken, daß es mir um was ganz anderes ging. Aber er merkte es nicht, jedenfalls ließ er das nicht erkennen. Und ich dachte dann, glaube ich, am besten, ich lasse ihn reden, er muß einen wirklich schlechten Tag gehabt haben, was zuletzt immer häufiger vorgekommen war und bei dem Beruf ja auch leicht vorzustellen ist. Oder alle, die Dienst hatten, waren schlecht gelaunt vom Heiligen Abend gekommen, statt dem besonderen Tag etwas abgewinnen zu können. Ich glaube, ich spürte auch, wenn ich danach fragte, würde er explodieren und der Abend so werden, wie er dann ja wurde, und außerdem, wenn ein Mann schon mal das Heulen kriegt, laß ihn heulen, das ist keine schlechte Entscheidung, hatte meine Mutter immer gesagt. Aber ich muß ihn wohl so angesehen haben, daß er wußte, ich bin genervt.

Weil er nichts unwahrscheinliches erwarte, sagte er, mittlerweile in supertrockenem Ton, als habe ich ihn mit einer Unterstellung beleidigt, sei er gerade kein Pessimist. Das sei so selten wie gut. Sein Blick der aufgesprungene innere Hund.

Ich legte meine Hand auf den Tisch, daß er sie nehmen mußte, aber er meinte, am Ende des Jahres kämen die immer und ewig gleichen Ermahnungen und Beteuerungen auf dem kleinen Bergfrieden Silvester, dem weißen Herz der Tage. Er lachte und tat wieder scherzend, aber mit einem rissigen Oberton in der Stimme, so einem Kratzen, das man todsicher hysterisch nennen würde, hätte ich es gehabt. Jedenfalls hat er meine Hand losgelassen und ist aufgestanden und hat im Weggehen gerufen: »Diesem ersten aller Tage.« Dann hat er sich am Buffet einen Whisky gemacht, obwohl der Salat noch nicht gegessen war. Klar war ich schon da sauer. Er sei doch auch nur das ganze Jahr unten im Kreis um den kleinen Berg Silvester herum gedamelt, erklärte er dann über die Schulter weg, während er mit Eiswürfeln hantierte. In der Monotonie der Umgebung habe auch er jedes Gefühl für Geschwindigkeit verloren. Anschließend stand er im Durchgang, ließ das Eis im Glas rotieren: Immer erst Anfang Dezember ginge der Weg in die Steigung, so daß die Leute sich mal spürten, sich endlich mal Fragen stellten. Aber kurz nach Weihnachten gelange man schon wieder an den Paß, Silvester als Kuppe, die Steigung falle auf Null, kahl sei die Kuppe, wenn man um die letzte Biegung herumkomme und der weiße, jetzt endlose Himmel auftauche, darin das weiße Banner mit der schwarzen Jahreszahl über dem höchsten Punkt, Neujahr, die breite, helle Paßhöhe, das weiße

Herz der Reise, das Tal des neuen Jahres noch dahinter versteckt …

Würde ich ihn jetzt, nach einem guten Jahr, plötzlich kennenlernen? So kannte ich ihn nicht. Hatte Marga mit dem schlechten Gerede über ihn etwa doch recht, er sei destruktiv, er könne niemandem etwas Schönes lassen, dieses Zerrbild, das ich für die Fiktion einer Kranken oder zumindest Unterlegenen gehalten hatte, war da was dran? Alle Farbe wich aus meinem Bild.

Als handle es sich um Wein, machte er mit dem Whisky auf der Zunge einen Genießermund, schmatzte dabei zufrieden und dozierte ruhig weiter, daß jedes Silvester sich wieder das Gefühl nach vorne drängele, es müsse etwas passieren oder daß schon etwas passiert wäre, irgend etwas zum Beispiel zu Ende gegangen wäre, daß man im Raketenregen unterm Banner mitsamt den erschöpften Kindern etwas hinter sich gelassen hätte, ein Land unbeantworteter Fragen zum Beispiel.

Er sah mich lange an und komisch, als er sich wieder hinsetzte, mir kam es komisch vor: Nur müsse dann ja auch etwas anderes anfangen. Er glotzte mich an. Oder ob ich etwa denken würde, jemand glaube, das Land der Antworten läge vor uns. Mein Empfinden für die Raumtemperatur setzte aus. Wie bei Unterzuckerung oder Vitaminmangel sah ich ihn zweidimensional vor mir sitzen. An den Rändern meines Gesichtsfeldes flimmerte das Bild. Ich sagte nichts. Ganz sicher, antwortete er selber, glaube das niemand. Wo Silvester doch ein zufälliges Datum sei, ein komplett zufälliger Moment, der über die Weltkugel auch noch willkürlich verteilt sei! An fast jedem Ort der Welt fände das Feuerwerk zu einem anderen, eigenen, von nur willkürlichen Vereinbarungen bestimmten Zeitpunkt statt. Zwei benachbarte Inseln irgendwo im Pazifik feierten dreiundzwanzig Stunden entfernt voneinander, die einen hätten ihren Rausch schon ausgeschlafen, wenn die anderen noch die mobile Bühne für das Fest auf dem Dorfplatz aufbauten. Dazu Schaltjahre, Schaltsekunden, willkürlich zu beliebigen Jahreszeiten an beliebigen Orten umgestellte Uhren, eine gewonnene Stunde hier, eine fehlende da. Silvester, sagte er, sei was für Träumer. Er setzte sein Glas ab.

Die Farbe kehrte zurück, auch das Temperaturempfinden. Aber ehrlich gesagt hing ich jetzt wie das Mädchen von früher auf dem Spielplatz kopfüber am Klettergerüst, die Stange in den Kniekehlen, die Lust des Fallens hatte ich schon ausgekostet, der Rock war mir übers Gesicht geklappt, so daß ich nicht sehen konnte, ob mich noch jemand beobachtete, noch jemand Notiz von mir nahm, während ich nicht mehr an die Stange kam, um mich hochzuziehen, und überlegte, ob ich um Hilfe schreien sollte oder mich einfach weiter fallen lassen, diesmal auf den Beton. Mir war schwindlig, und den Impuls hab ich nicht kommen gespürt, ihm über das Essen weg und an den Kerzen vorbei den Wein ins Gesicht zu schütten. Seltsam, wie die Flüssigkeit sich auf dem Weg zu ihm in die Länge streckte, wie eine gemalte, scharf umrandete Wolke, vorne und hinten lösten sich Tropfen. Dann lief sie ihm am Hals runter, er strich mit dem Zeigefinger das Auge aus. Ob der Wein oder der Fleeter ein dunkleres Rot hatte, ließ sich wegen der unterschiedlichen Transparenzen nicht sagen. Er sah mich an, die Haare auf der rechten Seite naß, neutral sah er mich ohne jede Regung an. Ich stand auf, warf mein Glas um, das zerbrach, und ich ging auf der Terrasse eine rauchen.

Draußen fror ich, oder es war die Aufregung. Ich hörte, wie er drinnen den Tisch abräumte, und rauchte noch eine, blieb danach weiter sitzen. Natürlich wußte er, daß ich frieren würde und irgendwann reinkommen mußte, also ging ich rein, er saß mittlerweile mit frischem Hemd und Hose auf dem Sofa. Er streckte mir die Hand entgegen, aber ich sagte, ich ginge ins Bett. Schnell und erschöpft schlief ich ein.

Vielleicht war es tief in der Nacht, vielleicht hatte ich nur kurz und tief geschlafen, als er kam. Er setzte sich auf den Bettrand, war frisch geduscht. Er legte eine Hand um meinen linken Fuß, den Daumen im weichen Teil der Sohle, was angenehm war. Minuten vergingen, viele, zehn. Im Halbschlaf dachte ich nicht darüber nach, was er vorhaben mochte. Er drückte den Fuß, Demonstranten mit roten Fahnen marschierten in meinem Körper auf. Ich konnte in der Dunkelheit nichts sehen. Als er den großen Zeh des rechten Fußes in den Mund nahm, bestiegen die Demonstranten Barkassen und segelten stehend flußaufwärts. Er leckte über die Sohle des rechten Fußes, ohne die Massage am linken zu verändern. Er war frisch rasiert und wollte mich von Kalabrien aus erobern. Ich drehte mich auf den Bauch, und er biß sanft in eine Ferse, in die Achillessehne, die Zunge wanderte über Wade und Kniekehle. Er küßte meinen Hintern. Die roten Fahnen flatterten und knallten im Wind. Seine Hand lag auf der Wade. Er knutschte eine Kniekehle, ich mußte lachen. Er setzte sich auf, ließ mich ganz los, daß ich blank in Erwartung lag. Lange. Ich wartete. Berühr mich. Ohne Berührung träufelte er Öl in die Ritze, das sich langsam den Weg bahnte. Ein kleiner weißer Fisch schlüpfte durch mein Herz. Seine Hand fuhr meine Wirbelsäule hinauf, beide am Rumpf wieder hinunter, bis zum Becken. Er war eingeölt. Er massierte, aber betrat mich nicht. Er spielte mit meinem Wasserstand, zögerte, spielte, bis der Staudamm brach und das Wasser ins Tal toste. Dann befriedigte er sich schnell selbst und lag neben mir. Wir atmeten noch eine Weile im Dunkeln. »Tut mir leid«, sagte ich. Er schlief zuerst ein.

Morgens standen wir uns in der Küche gegenüber, Kaffeetassen in Händen. Sahen uns an.

»Du willst gar nicht Silvester feiern«, sagte ich, »stimmt's?«

»Nicht wie immer« – seine geflachste Antwort. Neujahr sei die Mutter der Niederlagen. Er lachte.

»Klingt nach alten Kamellen«, sagte ich. Ich hatte recht.

Er erzählte: An Neujahr 2000 hatte Marga sich nach dem Aufstehen, zerpflückt wie sie vom Feiern noch war, an den Kühlschrank begeben und festgestellt, daß nur noch ein Ei drin war. Sie hatte Kopfschmerzen gehabt und im Mund Zigarettengeschmack. Abends zuvor hatten sie mit Freunden gefeiert, die längst in zwei Fraktionen geteilt waren. Auf dem Balkon hatte es Diskussionen, Zigaretten, Schuldzuweisungen und Verleumdungen im Frost gegeben. Im Flur hatte es Zigaretten und Solidaritätsbeteuerungen gegeben, die vorwiegend Marga galten, denn die Frauen seien natürlich immer schon aus Solidarität für die Frau, und die Männer seien natürlich ebenfalls immer für die Frau, aus verschiedenen Gründen. In der Küche hatte es den Alkohol gegeben, der morgens Kopf und Magen beherrschte. Marga ließ eine Aspirin in ein Glas fallen und sich in den Sessel. Ohne Worte stritt sie sich weniger ums Ei als ums Einkaufen, um Aufmerksamkeiten, darum, wer wem das eine Ei großzügig überläßt und nach dem Frühstück die Küche aufräumt, wer schlechtes Gewissen zeigt, das Versäumnis zugibt und die Lieblosigkeit. Stumm riefen beide alles auf, was jemals zwischen ihnen fragwürdig war oder noch sein könnte. Und stumm und allein fragte jeder sich, wie es weitergehen soll: Lohnt es sich wirklich noch?

»Negativ«, sagte ich.

Er: »Silvester gibt es eben nur zwei Konstellationen.«

»So.«

»Entweder man hatte fürs letzte Jahr Pläne, oder man hatte keine Pläne.«

»Hm.«

Habe man Pläne gehabt, dann seien es nicht irgendwelche Pläne gewesen, sondern ernsthafte, schöne, großartige Pläne. Ganz toll. Man habe zum Beispiel gegen alle realistischen Einschätzungen und mit allen fantastischen Ratschlägen seine Ehe retten wollen. Habe man solche einfachen, menschlichen Pläne gehabt, dann sei Neujahr das Unterliegen.

»Und wenn nicht?«

Dann wollte man seine Ehe zum Beispiel gar nicht erst retten, und Neujahr wäre der Inbegriff der jubilierenden Sinnlosigkeit. Man habe dann ja auch nicht vor, fürs nächste Jahr Pläne zu machen, irgendwelche Pläne, große oder kleine. Man stehe mit leeren Händen da und verlege sich darauf, daß jetzt der Sommer nicht mehr hinter einem, sondern vor einem liege. Man hoffe darauf, daß es einen guten Sommer geben werde in diesem Jahr, in dem nachts die Fenster offen stehen, man nackt unter Laken schlafe und das Rumpeln der Kilometer entfernten Eisenbahn höre und das Stöhnen der Frau im Hinterhaus der Parallelstraße schräg gegenüber. Man denke, sagte er, daß es hoffentlich nicht doch wieder viel regnet oder kühl ist für zwei Wochen vom August, und der Sommer, der eh immer zu kurz ist, zerrinnt.

»Du bist wirklich ein Clown«, sagte ich möglichst liebevoll. Er lächelte. Er wollte diesmal still feiern, sagte er, Silvester verschlafen. Einmal mit klarem Kopf an Neujahr aufstehen und einen Spaziergang machen. Nur dies eine Mal. Er bettelte: Aufstehen, rausfahren morgens über leere Straßen, spazierengehen in einem ruhig dastehendem Wald, einmal um den Liepnitzsee zum Beispiel.

Wir sahen uns an.

Wir würden uns am Abend, meinte er, am Nachmittag des ersten Januars schon großartig fühlen, am zweiten Januar noch besser, geradezu überlegen. Es würde mindestens sein, als habe man mit dem Rauchen aufgehört. Wir hätten eine gute Zeit vor uns.

»Für eine Liebeserklärung«, wandte ich ein, »klingt das zu bemüht.« Er stutzte. Daß ich einfach nur einen schönen Abend mit ihm und Paula verbringen wollte. Er nickte. Wir riefen bei Marga an, um Paula nach ihrer Meinung zu fragen. »Zwei zu eins«, sagte ich und küßte ihn.

Also war er Silvester so schnell wie möglich nach Hause gekommen. Eine Handvoll Kleinigkeiten mußte noch erledigt werden. Er ging, so behauptet er jetzt, Getränke inmitten von Eiligen kaufen. Das bestellte Fleisch holte er in Weißensee ab. Das vergessene Weißbrot trieb er nach seiner Beschreibung im hupenden, schimpfenden Stadtverkehr auf, den Wagen blinkend im Halteverbot. Was am Nachmittag und das ganze Jahr an Zeit fehle, ist Silvester abends, laut Thomas, plötzlich zuviel: Im Warten gehe nichts ohne Weißbrot, das die Pausen zwischen den Fonduespießen fülle. Den Rest sollten die Raketen besorgen, die er nach drei Fehlversuchen an einer Tankstelle auch noch gefunden hatte, bereits nervös geworden, auch gereizt. Im Prinzip ist er auch gegen die sinnlose Knallerei, aber dann doch nicht gegen den sinnlosen Spaß und selbstredend nicht gegen ein Kind, das seinen Vater knallen sehen will, auch wenn es sich die letzten Jahre immer versteckt hat, sobald die erste Rakete überm Haus verschwunden ist, ohne bei der Explosion gesehen worden zu sein.

Wir waren dann endlich in der Küche mit dem Fondue beschäftigt, das Fett sprudelte, zwei Flaschen Sekt warteten im Kühlschrank. Alles hätte gut und simpel sein können. Aber der Fernseher lief stumm, wegen der eingeblendeten Uhr oder der Einsamkeit, wie er sagt, als irgendwann, kurz vor dem Essen, es war nach neun, Nachrichten kamen, unter anderem Nachrichten aus Nablus. Paula stand stumm vor dem Gerät, weshalb er den Ton anstellte. Er hätte auch abschalten können, ist aber, sagt er, nicht dafür, den Kindern alles vorzuenthalten. Das habe keinen Sinn. Die Zeit, in der sie nicht mehr fragen, komme früh genug.

Was, fragte Paula also, die da machten. Und was soll man einem sechsjährigen Kind schon antworten, fragt er.

»Das ist so eine Art Krieg«, hat er gesagt, »im Prinzip Bürgerkrieg.«

Er fühlte sich sicher. Noch eine Woche vorher, als sie das letzte Mal dagewesen war, hatte Paula ihren Freund Leon aus dem Kindergarten mitgebracht gehabt. Das war ein Ereignis, denn bis dahin waren Freunde immer nur zu Marga mitgekommen. Aber nun hatten sie sich im Tag vertan, Leon und sie, und Marga hatte gesagt, »Freitag, da bist du aber bei Thomas«, und sie bloß trotzig:

»Na und?« Ganz Kindskopf, sollte Leon auf jeden Fall bei ihr übernachten. Deshalb hatten wir also beide Kinder bei uns gehabt, es hatte sich so ergeben, nichts sonst. Mich freute das wegen der Normalität.

Er holte beide zusammen ab, tauschte mit den Eltern von Leon Telefonnummern aus, sie wollten abends für alle Fälle noch anrufen. Mit einem Halt an der Eisdiele fuhren sie heim. Dort packte Leon dann sein Spielzeug aus, ein nagelneuer kleiner Bomber in grünbraungrauweiß. Bald zwei Stunden lang hat er das Ding dann durch die Küche fliegen lassen, Zisch- und Donnergeräusche dazu gemacht, ohne seiner Freundin, wegen der er ja eigentlich da war, auch nur einen Moment Aufmerksamkeit zu schenken. Wir haben ihn machen lassen, Paula protestierte nicht, man kommt halt nicht immer so zusammen, wie man gemeint hat.

Als der Junge schließlich bemerkte, daß er allein war, versuchte er es mit einer Provokation. Sagte, Krieg finde er cool. Beim Abendessen hat Thomas dann beiläufig nachgefragt, ob Leon denn wisse, was Krieg überhaupt sei. Zufrieden hat der geantwortet, das sei schießen, und Thomas hat gefragt, »ja schießen, echtes schießen oder wie«, und Leon hat gesagt, »richtig schießen eben.«

»Stimmt, richtig schießen, totschießen eben. Peng. Daß man nicht mehr aufsteht, nicht mehr nach Hause geht und tot ist, und nie mehr seine Mutter sieht.«

Ich mußte schlucken, und Thomas hat auch schnell hinterhergeschoben, daß man sich das kaum vorstellen kann, Leon kämpfte schon aussichtslos gegen eine Träne. »Sogar Leute«, sagte Thomas, »die es schon erlebt haben, die dabei gewesen sind, können es sich kaum vorstellen.« Das war alles. Und Leon hat plötzlich dankbar gegrinst und gesagt: »Wie bei Opa!« Daß seiner gerade gestorben war, hatte Paula erzählt, und was soll ein Kind von sechs Jahren begreifen an einer Sache, an der es für niemanden etwas zu begreifen gibt, abgesehen vielleicht davon, daß es selbst offenbar quicklebendig ist, das Kind?

Ich machte eine Geste, er solle bitte aufhören mit der Diskussion. Aber da sagte Leon mit altkluger und gleichzeitig belustigter Stimme, wir stürben ja alle. Thomas hat genickt, meine ich, wieso auch nicht, und dann sagte Leon zu ihm: »Und du vor mir.« Grinsend, mit diesem Grinsen, das ausprobiert, ob es überlegen sein kann, aber nicht lange durchhält. Thomas behauptet, zugestimmt zu haben: Wenn alles normal liefe, stürbe er früher. Schließlich sei er viel älter. Später hat Leon sich dann berichtigt, er finde Krieg nur zum Spaß lustig, und wir waren alle damit zufrieden.

Und weil dieses Geplänkel kurz vor Weihnachten stattgefunden hatte, Gespräch will Thomas es gar nicht nennen, aber weil das Wort schon gefallen war, da hat er vorgestern auch schmucklos gesagt, »das ist Krieg«, als die Nachrichten Bilder aus Nablus brachten, »Bürgerkrieg«. Er begründet das mit dem Recht der Kinder auf unser Wissen und läßt den Gedanken nicht zu, daß er sich rächte an uns, für diesen Abend, indem er indirekt sagte: »Ja, seht ihr.« Und gerade als er »Bürgerkrieg« gesagt und den Ton wieder angestellt hatte, schreckten die Jugendlichen auf dem Bildschirm unter einer Detonation zusammen, die von einem trockenem Knall begleitet wurde. Paula zuckte ebenfalls leicht, fast wie die Kinder auf der Straße, die Kamera wurde erschüttert, das Bild wackelte einmal kurz, die Jugendlichen rannten auseinander, und Paula saß ganz stumm da.

»Das Essen ist jetzt soweit«, rief ich den beiden von der Spüle aus zu, »wie wär's, wenn mir mal jemand was hilft?«

Paula sprang auf, Thomas machte den Fernseher aus. Das hatten wir jetzt davon. Krieg war ein Wort wie Jude oder Schwarzer, nur noch einfacher, er saß mit am Tisch und rief alle Schuld der Welt auf. Beim Essen fragte Paula, wieso die nicht auch in Ruhe Silvester feierten. Na, die Leute könnten sich in einem Streit nicht einigen, hat er meiner Meinung nach gesagt, und er fing an, muß ich zugeben, mich echt zu nerven: Irgendwann seien sie sehr müde geworden, hat er gesagt, und dann habe es geknallt, und nun kämen sie überhaupt nicht mehr dazu, sich auszuruhen, und keiner finde ein Ende. Das würde doch im Kindergarten nachmittags auch manchmal nicht anders passieren, wenn sie mittags nicht schliefen.

Der Vergleich zog nicht so recht, er merkte das selbst, und weil man einen Fehler ja noch immer am besten mit einem zweiten behebt, sagte er, daß man ihnen nichts beibringen könnte, und das beste eigentlich wäre, sie gingen sich aus dem Weg.

Paula sagte: »Wie Marga und du.«

Und er, da bin ich sicher, sagte, daß das nicht ganz falsch sei, oder sogar ziemlich richtig, oder wie sie und Markus im Kindergarten, seit sie sich gegenseitig gebissen und beide geblutet hatten. Nur daß die da im Fernsehen leider keinen Platz hätten, sagte er, um sich aus dem Weg zu gehen, zumindest daß sie glaubten, sie hätten keinen Platz. Daß die sich nämlich gerade um einen bestimmten Platz stritten, beziehungsweise um einen bestimmten Hügel in einer bestimmten Stadt, was von außen kaum jemand verstehen könne. Und daß man normalerweise, wenn man ein bißchen älter werde, besser verstehe und weggehe, bevor man nicht mehr könne und es zwangsläufig knalle, und daß es irgendwann einen Tag geben würde, wo auch die im Fernsehen das kapierten. Ich stimmte ihm zu und goß ihr Sprudel nach und sah ihn scharf an, was er nicht merkte.

»Und alles andere«, hat er dann gesagt, »ist Hysterie.«

Sie wollte dann wissen, was Hysterie ist. Seine Erklärung unterbrach sie mit der Frage, wie alt man werden müsse, um zu wissen, wann streiten keinen Sinn mehr habe.

»Je älter desto besser«, sagte er, man würde eben einfach irgendwann verstehen, daß viele Sachen, die man so hoffen würde, ganz aussichtslos seien und reiner Zeitvertreib. »Zum Beispiel gleich nach dem Flop mit den Computern, kurz nach 2000, da haben sie gesagt, jetzt haben wir das Gen und werden unsterblich.«

»Was haben die«, fragte sie, wie nur ein Kind es fragen kann.

Und er erklärte die ganze Geschichte mit dem Gen. Er erklärte, daß das Gen entziffert zu haben noch nicht bedeute, es lesen, geschweige denn umschreiben zu können. Er könne schließlich auch kein Spanisch, bloß weil er die Buchstaben kenne. Paula starrte ihn an, als sei er ein Fremder. Die Anstrengung stand ihr auf der Stirn und der Wunsch nach einem harmonischen Abend, den niemand, der einen Rest Einfühlungsvermögen hat, einem Kind abschlagen will. Plötzlich behauptete er, Hoffnungen gebe es natürlich schon. Es gebe die Hoffnung, dies und das besser machen zu können, hat er gesagt, und daran glaubt auch er sich erinnern zu können. Zum Beispiel müßte Onkel Thomas, so nennen wir seinen Schwager, vielleicht nicht mehr mit dieser Spritze hantieren, weil sie ihm eine neue Bauchspeicheldrüse im Reagenzglas züchten und anschließend im Krankenhaus einpflanzen würden. Sie sagte nichts. Thomas behauptete, daß den Söhnen und Töchtern seines Schwagers das Gen eines Tages gleich repariert werden könnte, und daß dann die Söhne und Töchter der Söhne und Töchter von Onkel Thomas, und sie unterbrach ihn, indem sie sagte, »die Enkel«, und er sagte: »genau, die Enkel«, daß die mit dem Problem nicht mehr zu tun hätten dann. Die Zuckerkrankheit wäre dann ausgerottet, und dann würden alle älter werden mit der Zeit, und andere Krankheiten könnte man auch ausrotten, und dann würden alle immer älter und älter, und das sei schon faszinierend, vor allem wenn man bedenke, daß sein Großvater noch an einer Grippe gestorben sei, wegen der man sich heute kaum noch krank schreiben lassen könne, und aus der eigentlich nie wieder eine Lungenentzündung werden müsse. Darauf sagte sie eine Weile nichts.

»Kein Problem«, sagte er nach einer ganzen Weile zwischen zwei Spießen mit einem Stück Weißbrot in der Hand, »irgendwann hundert zu werden oder hundertfünfzig«, und ich habe, weil Paula ein wenig ungläubig oder verständnislos oder total überfordert aussah, gesagt, das würde wohl noch lange dauern. Dann lachten wir alle plötzlich los, draußen war eine verfrühte Rakete zu sehen, die ihren Farbregen auf die Stadt versprühte, und wir feierten anschließend Silvester. Paula verkroch sich bei den Knallern nicht, sondern sah von der Terrasse aus lächelnd das Feuerwerk über Berlin an. Das war neu.

Erst beim Frühstück fragte sie dann, wie lange das wohl dauern würde, bis man hundertfünfzig wird.

Daß sie wohl meinte, wann das möglich sein würde, korrigierte ich sie, und sie nickte, und ich hab gesagt, daß wir das wohl nicht mehr erleben würden, aber da sagte Paula, daß dann aber die Leute viel besser wüßten, wann sie sich nicht mehr streiten sollen, wenn alle viel älter sind, weil sie viel besser verstanden haben, wann es keinen Sinn mehr hat, sich zu streiten, und die ganze Streiterei verschwände zusammen mit der Zuckerkrankheit aus der Welt.

»Theoretisch«, sagte Thomas nach einer längeren Pause, weil jemand schließlich antworten mußte, könnte das sein, und Paula fragte, »was?«

»Daß«, sagte er langsam, weil er sich noch nicht sicher war, »die Menge an Erfahrungen stark zunimmt, wenn jeder hundertfünfzig wird, daß die Welt sich dann radikal verändert.«

Sie verstand das nicht gleich, und er sagte deshalb noch mal, sie hätte recht, das müßte die Welt auf jeden Fall verändern, eigentlich, das wäre total faszinierend, und daß niemand tatsächlich wissen könne, was kommt, und man natürlich nicht wüßte, ob dann die Altersmilde oder der Altersstarrsinn überwiegt. Daß man nicht wissen könne, ob es eine Natur gebe für einen unnatürlichen Zustand, wie es eine Natur gebe für die Pubertät oder die Wechseljahre oder die Entwicklung der Geschmacksnerven, die es unmöglich machten, einen Whisky mit fünfzehn zu mögen. Daß man aber auf jeden Fall davon ausgehen müsse, daß mehr Wissen in der Welt besser sei als weniger Wissen und deshalb vom Überwiegen der Altersmilde überzeugt sein müsse. Das sei ja geradezu eine Pflicht.

»Man wird es dann ja schon sehen«, sagte ich und dann den ganzen Tag kaum noch etwas, aber er war mit Paula beschäftigt, den ganzen Neujahrstag, sie waren auf dem Spielplatz, Paulas Lieblingsspielplatz, und beim Italiener zum sehr späten Mittagessen. Eis gab es selbstredend trotz Winter auch.

Erst abends, als wir im Bett lagen, das Licht war aus, und man konnte nur das leise Rauschen aus den Heizungsrohren hören und ein paar dürre Schneeflocken im Lichtkegel der Straßenlaterne vor dem Haus sehen, sagte ich, er habe das Atom vergessen.

»Wie?«

Das Atom habe er einfach vergessen.

»Was meinst du?«

Er hatte sich aufgesetzt und überlegte offenbar, ob er das Licht wieder anschalten sollte, aber ich legte ihm die Hand auf den Unterarm.

»Ist doch egal«, sagte ich, bevor ich mich umdrehte.

Morgens das Frühstück fast wortlos, und dann der Aufbruch ins neue Jahr. Er setzte Paula wie verabredet bei Marga ab, wo sie aus dem Wagen springt, in Margas Arme rennt und sofort zu weinen beginnt. Mutterhände auf Paulas vom Weinkrampf geschüttelten Schultern. Derselbe vorwurfsvolle Blick für ihn wie im letzten Jahr. Er fährt weiter in den Tag, der sich für das Tageslicht rüstet. Wie er an der roten Ampel steht, stelle ich mir vor, Hände am Lenkrad, der Scheibenwischer schrubbt hin und her, Fußgänger mit Schirmen kreuzen in den Lichtkegeln der Scheinwerfer. Im Radio leiert sein Wetterbericht, in den sich immerhin alle gemeinsam fügen. Er schimpft auf Silvester, »das Herz mit Verfallsdatum«. Wie ich auf Großspurigkeit komme? Nächstes Jahr, das nimmt er sich vor, macht er das anders. Also dieses Jahr. Ganz anders. Im Radio Verkehrsfunk. Hinter ihm wird gehupt, und von der Rückbank keine Stimme, die sagt: »Grün.«

Berliner Stille

Er hatte von der anderen Straßenseite meinen Namen gerufen, und obwohl er trotz seines Vollbartes mit dem runden Gesicht immer noch jung wirkte, hatte ich ihn nicht sofort erkannt. Unvorbereitet und überstürzt war ich erst am Morgen eingeflogen und mit einem Mietwagen vom Flughafen herübergefahren. Ich hatte den Wagen geparkt und das Krankenhaus betreten, um festzustellen, wie überstürzt. Am Bett meiner Mutter hatte ich alles herunterspielen müssen, meine unangemeldete Anwesenheit, und daß ich an einem Samstagvormittag derart korrekt angezogen war. Sie sei nur unterzuckert gewesen, sagte die Krankenschwester auf eine übertrieben fürsorgliche und persönliche Art, die ich für besonders perfide Herrschsucht hielt. Von Sterben jedenfalls keine Spur. Ich tat, als ob ich eh in der Stadt gewesen wäre und gleich wieder los müßte, zum Termin mit den Kollegen aus der Rechtsabteilung und dann zu einem Essen mit dem Europachef, erleichtert, sie wenigstens kurz und zum Glück derart fidel gesehen zu haben. Die Krankenschwester nickte.

Erst draußen fiel mir auf, daß ich nicht einmal gefragt hatte, woher eine solche Unterzuckerung kommt, und ob es wieder passieren konnte. Als mein alter Schulfreund mich von der anderen Straßenseite angesprochen, beziehungsweise angerufen hatte, war ich in Gedanken gewesen, hatte überlegt, ob sie es gemerkt hatte, ob sie es nicht hatte bemerken müssen, und ich noch einmal zurückgehen sollte. Ich konnte so tun, als ob ich etwas vergessen hätte, konnte am Bett stehenbleiben und das

Gespräch noch einmal neu anfangen. Aber vielleicht machte das alles nur noch komplizierter. Als er dann auf meine Seite herübergekommen war und mich zu einem gemeinsamen Kaffee im Stehen einlud, war ich zu langsam. Man denkt ja in solchen Momenten, nein zu sagen wäre aufwendiger, als es hinter sich zu bringen.

»Mensch, ewige Jahre nicht gesehen!« Er stand jetzt vor mir, einen halben Kopf kleiner als ich, was mich überraschte.

»Zehn, fünfzehn?«

»Mindestens.«

Wo ich denn jetzt lebte, – »ah, in Berlin!«

Seine Geringschätzung hatte sich nicht verändert. Ich traute ihm damals schon nicht, hatte ihn immer als zu selbstsicher empfunden und nenne ihn nur einen Freund, weil wir damals denselben Schulweg hatten. Ich sollte ihn besser einen Schulkameraden nennen oder noch besser einfach einen Mitschüler. Er gehört zu den Leuten, die nie weggehen, die nicht früher oder später einen Tag wie Silvester kommen sehen, an dem man sich fragt, wie es weitergehen soll. Er hat sich nie überlegt, ob er lieber einsam am Meer leben will oder in Paris oder an einem noch anderen Ort. Nach einem halben Leben trifft man ihn so natürlich wie zufällig beim Bäcker oder eben auf der Straße gegenüber der ehemaligen Schule wieder, und er grüßt, als sei nichts passiert. Er bot mir eine Zigarette an.

Ich verneinte mit hochgehaltener rechter Hand dankend, während er schon seine ersten Züge inhalierte. Ob ich nicht rauchte.

»Manchmal. Kaum eigentlich.«

Er nickte, als hätte er etwas verstanden, und ich fragte, ob er mal in letzter Zeit dort gewesen sei.

»Berlin?« fragte er und antwortete gleich: »Nein, ewig nicht.« Er erinnere sich aber an das Schild: Berlin 499 km.

Ich hatte Mühe, mich überhaupt auf das Gespräch mit ihm zu konzentrieren: »Was für ein Schild?«

»An der Autobahn.« Wie auf meine Abgelenktheit antwortend rieb er ein Auge mit dem Ballen der rechten Hand, in der er die Zigarette hielt. Oft sei er nicht dran vorbeigekommen. Seine Mutter habe doch diesen weißen Käfer gehabt, all die Jahre, »das weißt du noch«, sagte er: »wie sie uns mit Elmar zusammen immer in die Schule gefahren hat.«

»Eher in den Stau!«

Beide grinsten wir: Jahrelang hatten wir stadteinwärts gemeinsam im Stau gestanden, dessen Ende mal hinter, mal vor der Autobahnbrücke war, unter der wir dann das eine Mal durchfuhren, das andere Mal warteten. Weltmeister im Zuspätkommen waren wir damals, und wahrscheinlich ist es das einzige, was wir je zusammen erlebt haben. Mit dem Plastiklöffel rührte er im Kaffee, und mit dem zweifelnden und zweifelhaften Fernweh des Kleinstädters nach einem Morgen oder Gestern sah er einen Moment an mir vorbei durch die große Glasscheibe auf das Rathaus und die Straße. Dadurch geriet auch ich in die Erinnerungen: Als Jugendlicher war ich hier täglich unterwegs gewesen, und die Straße hatte sich oft verändert. Erst war sie großzügig auf zwei Spuren pro Richtung ausgebaut worden, dann noch großzügiger wieder auf eine Spur plus Radweg und Grünstreifen zurückgebaut, und jetzt sah sie aus, als hätte es sie vor dem Krieg gar nicht gegeben.

»Einmal in der Woche«, hörte ich ihn sagen, »sind wir zu Verwandten gefahren, eine Autobahnabfahrt weiter.«

Er habe immer das Schild gesehen, Berlin 499 Kilometer, und gedacht, wie überflüssig es dort war. »Schließlich«, er drehte seine mit Daumen und Zeigefinger gehaltene Zigarette am Rand des Aschers entlang, bis die Glut einen sauberen Kegel bildete, und grinste, »kam Berlin ja nicht näher.«

Ich grinste nicht zurück, aber das Schild kannte ich tatsächlich auch. Auf dem Weg zur Nordsee habe ich in unseren wechselnden großen Fords immer auf das Schild gewartet, wenn mein Vater vor der Brücke abbog, um die langgestreckte Kurve der Auffahrt zur Autobahn hochzuziehen. Wenn er auf der Beschleunigungsspur im Rückspiegel den Verkehr beobachtete, wartete ich jedesmal auf das Schild, als ob es hätte verschwunden sein können. Sobald mein Vater in den vierten Gang geschaltet hatte und wir zwischen den anderen Autos mitschwammen, ist es dann näher gekommen, Berlin, 499 Kilometer. Das tat nicht banal wie mein Mitschüler, es war kein Preisschild, auf dem morgen auch 399 oder nächstes Jahr 799 hätte stehen können, sondern todernst. Ich versank noch im Fond des Wagens meines Vaters. Wies das Schild mir den Weg aus der Minderjährigkeit? Wenn ich damals die Zahl vorlas und nichts weiter sagte oder sagte, das sei weit, meinte mein Vater jedenfalls nachdenklich: »Ja, Berlin.«

Mein ehemaliger Mitschüler grinste über seinen idiotischen Witz hinweg, vielleicht aus reiner Verlegenheit. Vielleicht war er allein durch meine Anwesenheit und meinen Wegzug provoziert. Meine Taktik, mit einem schnellen Kaffee im Stehen am billigsten aus der zufälligen Zusammenkunft herauszukommen, erwies sich jetzt aber als doppelt schlecht, denn ich habe den Fehler nie ablegen können, besonders viel zu reden, wenn ich gar keine Lust dazu habe. Wahrscheinlich wollte ich uns die Minute ersparen, in der keiner was sagte. Wie auf der Flucht vor ihm, vor mir oder vor meiner kranken oder doch nicht so kranken Mutter erzählte ich, daß bei uns die Sprache alle paar Monate mal auf Berlin gekommen ist, einmal im Jahr vielleicht. Zum Beispiel, wenn die Freunde meiner Eltern angerufen hatten. Ich kannte die Freunde nicht, deren Partys meine Mutter mit einem bei ihr sonst unbekannten, auf mich glücklich wirkenden Lächeln kommentierte, wozu sie die Augenbrauen hochzog, die Augen aufriß und mit der Hand imaginären Zigarettenqualm verwedelte: »Berlin, ja, früher, als junge Frau, natürlich wollte ich nach Berlin«, rief sie halb, halb erstickte der Satz unter Murmeln und ihrer plötzlich herrischen Feststellung, jetzt wolle sie nicht mehr nach Berlin, auf keinen Fall!

»Ich war zwölf, und«, sagte ich zu meinem ehemaligen Mitschüler mit einer Offenherzigkeit, die ich im selben Moment bereute, »mein Vater sah weg, falls er zufällig überhaupt mal zu Hause war.«

Mein ehemaliger Mitschüler nickte schnell und tat nun seinerseits vertraulich. Das Schild habe er bald vergessen, nachdem sie zur Großmutter an den Nordrand der Stadt gezogen waren und fast gar nicht mehr auf die Autobahn fuhren. Berlin habe keine Rolle mehr gespielt, »bis es mit der Wehrpflicht losging.« Einer nach dem anderen habe sich im befreiten Berlin einen Wohnsitz gesucht. Der erste habe vorgegeben, zu seinem geschiedenen Vater zu ziehen, ein anderer zu entfernten Verwandten, der dritte in irgendeine Wohngemeinschaft. »Vom Kreiswehrersatzamt wurde das ja geduldet.«

»Es gab genug junge Männer«, sagte ich.

»Geburtenstarke Jahrgänge«, meinte er, als redete er mit einem ausländischen Touristen, »aber das war nicht der Grund. Von offizieller Seite zog man den eingemauerten Demonstranten der Freiheit einem Chaoten in den Streitkräften vor.«

Ich muß innegehalten haben, denn in einem plötzlich anderen Ton sagte er: »Man sollte sich da keine Illusionen machen.«

Und nach einer Pause: »Gerade heute, wo alles, was wir uns erarbeitet haben, in Frage gestellt wird.«

Mich störte, wie in seinen Illusionen das *s* klang, gleichzeitig übermäßig reibend und scharf. Ich wußte auch nicht, was wir uns erarbeitet hatten, oder wen er mit *uns* meinte. Jetzt hatte ich ihn aber wieder so vor mir, wie wir vor zehn, fünfzehn Jahren auseinandergegangen waren. Ich sah auf die Uhr, wir standen hier keine fünf Minuten zusammen, und ich sah ihn sich so bewegen wie früher, hörte ihn so sprechen, ich glaubte sogar, ihn im weißen Käfer seiner Mutter riechen zu können. Endlich schaltete ich einen Gang zurück. Ich fühlte eine angenehme Mischung aus Widerwillen und Angriffslust und mich überraschenderweise überlegen. Daß ich Verweigerer war, wußte er. Manchmal hatte er das kommentiert, wenn er morgens im Stau vor oder nach der Brücke vom Beifahrersitz aus mit dem Daumen der linken Hand auf mich im Fond wies und zu seiner Mutter sagte: »Alex will nicht zum Bund.«

Damals trugen wir kurze Haare. Sie sollten unsere Entschlossenheit demonstrieren, bei mir eine beinahe militante Entschlossenheit, den Wehrdienst zu verweigern beziehungsweise den Kriegsdienst wie manche haarspalterisch, wenn nicht, wie ich fand, falsch sagten. Kurze Haare jedenfalls waren Pflicht, lange Haare waren angepaßt, und als ich einmal vom Friseur kam, sagte meine Mutter sich erbost wegdrehend: »Wie Rußlandheimkehrer seht ihr aus.«

»Berlin ist eine Sackgasse«, meinte er jetzt und setzte die leere Kaffeetasse ab.

»Klingt ja fast«, entgegnete ich gut gelaunt, »wie der Ort der Wahrheit.«

»Nur nicht ganz so pompös«, gab er aber ruhig und freundlich raus: »Berlin ist ein Ort für Verlierer.«

Ohne zu fragen, nahm ich mir eine Zigarette aus seiner Packung. Er gab mir Feuer, und ich meinte, er habe unrecht. Sagte, daß ich früher auch nie nach Berlin wollte, schon wegen der Mauer. Er nickte eifrig, sich seines Affronts wohl halb bewußt. »Ich habe immer schon einsame und zweisame Stunden im Wald geliebt. Ein Grunewald oder Tiergarten kann da nicht mit.« Er nickte weiter. »Leicht klaustrophobische Neigung.«

Er nickte.

»Aber auch wegen der Verweigerung nicht.«

Er nickte.

»Dieser Schwachsinn mit der Gewissensprüfung.«

Er nickte weiter, ich glaubte, er tat das mit unterschwelliger Angst, ich könnte wie früher auf das Thema einsteigen. Seit ich vierzehn gewesen war, hatte ich mich in der Vorbereitung auf die Kommission zur Prüfung des Gewissens befunden, der ich beweisen wollte, daß ich den Dienst an der Waffe nicht leisten konnte. Beziehungsweise: daß ich mich weigerte. Nicht mitmachte. Nicht geeignet war, weil ich es für falsch hielt. Aber wollte ich ihnen weismachen, daß ich deshalb unfähig sein würde? Einfaches Spiel hatten, das war bekannt, nur aktive Christen. Das war Mitleid, wenn nicht in Mitleid gekleideter Hochmut. Pazifistische Argumente würden dagegen nicht weit kommen. Die Fragen gingen ja so: »Was tun Sie, wenn drei Vergewaltiger ihre Freundin in der Mangel haben, Sie kommen unvermutet dazu und sind, mal angenommen, bewaffnet?« Und anschließend: »Was tun Sie im selben Fall unbewaffnet?«

Du konntest ihnen nicht antworten, das habe mit Krieg nichts zu tun. Du konntest nicht sagen, im Krieg würden Zigtausende nach Monaten der Krise und Jahrzehnten der Vorbereitung aus vorgeschobenen ausgesprochenen und geheimgehaltenen tatsächlichen Gründen zum Einsatz geschickt, der sich trotz aller Kalkulation schnell als Chaos herausstellte: Das Chaos, das sie mit ihren angenommenen Situationen beschworen, ein Chaos, das selbst die Überlebenden nie wieder in Ruhe schlafen ließ. Darum ging es nicht.

Es ging nicht darum, ob es in der geschilderten Situation noch Intelligenz geben konnte oder ob es überhaupt militärische Intelligenz geben kann. Es ging nicht darum, ob es einen militärischen Automatismus gibt, der das Gegenteil von Intelligenz ist, eine militärische Logik, die als Unlogik bezeichnet werden müßte, weil sie die Einsicht ausschließt, die du als den natürlichsten oder zumindest charakteristischsten Zug am Menschen dargestellt hättest, obwohl zugegebenermaßen auch manchmal überraschendsten. Nicht darum, daß diese Unlogik statt von jener rettenden Einsicht von reiner Ungeduld geleitet ist, wenn nicht von verlogenem Erlebnishunger, eigentlichem Lebensüberdruß, dem Todestrieb. Daß ihre Befehle von den jeweils Hoffnungslosesten einer Gesellschaft ausgeführt werden mußten, um nicht zu sagen den Dümmsten, deren ganzes Glück es ist, kommandiert zu werden, und zwar von den Zynischsten, deren ganzes Glück es ist, zu kommandieren. Daß das Militär nur die Handlung von ihrer Begründung trennt, und deshalb nichts mit der von ihnen geschilderten Situation der Kopflosigkeit zu tun hat, sondern ein ganz normales Kloster sein soll, Mittel zum Lustgewinn, das Kloster des blinden Gehorsams, in dem Übergriffe gedeckt sind.

Und selbst wenn es darum gegangen wäre, hätten die Prüfer nach deinem Vortrag ihre ernsten Blicke heben und jeder sein reserviertes Grinsen aufsetzen können, um dir zu sagen, daß du verträumt bist, lebensfern, schlicht naiv. Daß Einstein seinen Pazifismus vollständig aufgegeben hat nach seiner Emigration. Ihr Grinsen hätte sie wie zufriedene, glückliche Menschen aussehen lassen, die froh sind, das letzte Wort zu haben. Schon weil sie natürlich ihr Gesicht wahren mußten: Grundregel aller Diplomatie. Ich wollte damals aber die Wahrheit.

»Wir schließen das eine mit dem anderen nicht aus«, hätte einer aus der Kommission dir zu sagen sich die Mühe geben können, so malte ich mir immer aus: »Sie schon.«

Sollte ich dann sagen, daß Einstein seine Emigration nicht bereut hat, aber seinen Brief an den Präsidenten, und daß er über das Kriegsende in Japan verzweifelt ist? Sollte ich einfach auf Nachsicht spekulieren, für tapferes Auftreten etwa? Sollte ich heulen, um glaubhaft zu machen, daß mit mir kein Krieg zu gewinnen wäre? Unmöglich. Widerspruch war sinnlos. Man verhandelte nur das Gewissen. Einer meiner Freunde ging tatsächlich zur Verhandlung und suchte die große Lösung: Er verweigerte die Begründung. In allen drei Instanzen wurde er abgelehnt, dann eingezogen. Nach zwei Wochen im Schlamm gaben sie ihm einen Bürojob und ließen ihn in Ruhe.

»Die Frage war ja«, sagte ich zu meinem ehemaligen Mitschüler, »wie man den Wehrdienst verweigerte und die Selbstachtung behielt.«

Er grinste.

»Zivildienst«, sagte ich deshalb extra langsam, »kostete meist aber mehr persönliche Opfer, beziehungsweise Ersatzdienst, wie er dreister Weise genannt wurde, als ob der Wehrfall normal und der zivile die Ausnahme wäre.« Er ließ seine Schultern hängen, schien mir, und ich sagte: »Genau da sieht man zum Beispiel den Fehler.«

Vielleicht aber hatte er auch einfach nicht reagiert. Nun entstand die Schweigeminute, die ich zuvor zu verhindern versucht hatte. Ich genoß sie.

Ob ich die Prüfung denn bestanden hätte, fragte er dann nur aus Höflichkeit und wollte sicher ein kurzes »Ja« hören. Soweit ist es aber gar nicht gekommen. Das Kreiswehrersatzamt lag direkt neben unserer Schule, und ich drehte mich um, wollte sehen, ob es in unserem Blickfeld war. Tatsächlich war es das. Der Raum im Parterre, in dem sie es mir damals sagten, sah mich mit seinen hohen Fenstern träge an. Es war Sommer gewesen, der Raum abgedunkelt, an der Decke drehte sich selbstsicher ein großer Ventilator, als wären wir in Marokko. Der Grundriß des Raumes ist weit vom goldenen Schnitt entfernt, und über den Vormittag war mir das Zeitgefühl so verlorengegangen, wie es mir in dieser billigen Stehcafeteria jetzt verlorenzugehen drohte. Fünf alte Männer in Uniformen saßen hinter einem Tisch, der länger war als der Raum tief. Sie würden die Entscheidung zwischen den großen, zu beiden Seiten gleichgültig von ihren Ständern herabhängenden Flaggen bekanntgeben. Die Männer wirkten gelassen, wie manche Menschen durch die Verfügungsgewalt über andere werden. Ich hatte das Gefühl, niedriger zu sitzen als sie, und war ihnen dabei so nah, daß ich den Kopf wenden mußte, um erst den während der gesamten Prozedur stumm bleibenden Mann rechts außen und dann jenen ganz links ansehen zu können. Die ganze Inszenierung übertraf meine Erwartungen weit. Der Vorsitzende las gelangweilt Formalitäten herunter, und die Luft schien noch schlechter als bei den zehn Kniebeugen eine Stunde zuvor, bei denen ich den Atem angehalten hatte. Plötzlich hatte ich aus einem unklaren Impuls heraus gedacht, dem Attest auf allergisches Asthma Plausibilität verleihen zu müssen. Arzt und Helferin hatten angeblich nichts gemerkt, dann aber erstaunt auf Blutdruck und Pulswerte geglotzt: »Treiben Sie keinen Sport?«

Ich starrte statt der fünf Männer die Flaggen an, versuchte, meinen Abscheu unter Kontrolle zu halten, und stellte mir zur Übung Testfragen für die eigentliche Verhandlung, die bald folgen würde. Erst die plötzliche Vergnügtheit in der Stimme des Vorsitzenden holte mich aus der Isolation. Er sah mir ins Gesicht und sprach dabei in dritter Person offenbar von mir: »Nun freut er sich aber doch.« Anscheinend lächelte auch ich. Indem ich das begriff, bildete sein vorheriger Satz sich in meinem Hirn noch mal neu: »Damit bedarf der Antrag auf Wehrdienstverweigerung keiner Entscheidung mehr.« Ich löschte mein Lächeln, aber er freute sich weiter: »Sie sind ausgemustert.«

Dann schüttelten wir Hände. Ich bekam eine Urkunde, wir schüttelten wieder Hände, taten erleichtert wie nach einem Grundstückskauf oder als hätten wir einen Profivertrag unterschrieben. Ich nahm meine dünne Jacke vom Ständer an der Tür und ging raus in den Sommer. Zur Schule, die in weniger als drei Wochen zu Ende sein würde, mußte ich nur quer über ein Rasenstück laufen. Ich setzte mich auf die Stufen vor dem Haupteingang und hätte geraucht, hätte ich Zigaretten gehabt. Auf der Urkunde las ich: Musterungsgrad 5. Weiter unten: Dieser Bescheid ist endgültig. Ich hätte frei sein sollen, war aber enttäuscht. Ein Jahr würde ich reisen.

Wiederkommen, das wußte ich für den eingetretenen Fall seit einem halben Jahr, würde ich auf keinen Fall. Ich hatte keine Ahnung, wohin ich gehen würde, ob ich in Paris leben wollte oder in New York oder Neuseeland, nur daß ich weg wollte. Manche meinen, es gäbe ein Alter, in dem man ankommt, mit vierzig erst käme man an. »Ein gutes Alter für Rom«, sagte ich weiß nicht mehr wer. Jahrelang zog ich durch Städte. Wie die Entscheidung zustande kommt, kann man am Ende nicht sagen, extrem wichtig ist aber wohl der Moment des Ankommens an einem Ort. Er kann dich bleiben, gehen oder wiederkommen lassen, wenn du auf der Suche bist. Wie ein Glaubensbekenntnis senkt sich die Erzählung des ersten Moments ins Fundament des Gebäudes, das du aus deinem anschließend Erlebten baust.

Haifa zum Beispiel. Am Busbahnhof hatte ich beim Umsteigen Fahrkarten für zwei Personen nach Jerusalem gekauft, so dachte ich, eine der Fahrkarten war allerdings grün, die andere rot. Als wir beide einsteigen wollen, erklärte der Fahrer, daß ich nur für eine Person gelöst hätte, und mein Freund sagte, ich solle zwei Plätze belegen, er laufe schnell zum Schalter. Kaum saß ich in der Mitte des Busses, schloß sich die Tür und er setzte zurück. Ich würde wohl in Jerusalem auf meinen Freund warten müssen, fluchte ich still, bemerkte aber, daß auch die Busse rechts und links von uns aus den Buchten fuhren, dann die von den dahinter angrenzenden Haltebuchten. Der Busbahnhof wurde geräumt. Passanten und Wartende verschwanden von den Gehsteigen. Auch die obere Ebene des Bahnhofs, von der man auf die Haltestellen sehen konnte, entvölkerte sich. Mein Bus stand, der Fahrer hatte sich mit den Ellbogen auf das Lenkrad gestützt, und es war still wie beim Totengebet. Fünf, sechs, zehn Minuten. Ich ein Fremder. Paralysiert, unfähig jemanden etwas zu fragen oder aufzustehen und zum Fahrer etwas zu sagen. Dann löste sich alles so leise wieder auf, wie es entstanden war, der Bus fuhr, wie alle anderen, zurück in die schmale Spur neben seiner Haltestelle, an der mein Freund einsam mit seiner großen Reisetasche in der Hand stand. Die Tür öffnete sich, und er stieg ein. Die Tasche schaukelte vor ihm, als er mit gebeugtem Rücken den Gang im Bus entlang kam, sich links an den Rückenlehnen bei jedem Schritt abstützend. Obere und untere Fläche des Bahnhofes füllten sich wieder von allen Seiten mit Menschen. Er war durch die binnen weniger Augenblicke errichtete Polizeiblockade gekommen, indem er immer wieder gesagt hatte, er müsse zu seiner Tasche und noch den Bus erreichen. Das normale Gerede der anderen im Bus setzte wieder ein, und kein böser Blick traf uns, denn was wir ausgelöst hatten, war Alltag: Bombenalarm.

Bis dahin hatte ich offenbar gar nichts gewußt. Ich reiste weiter, mußte weiterreisen und zog durch die Städte. In München war ich mit meiner Jugendliebe auf der

Rückreise am Bahnhof umgestiegen vom überfüllten italienischen Nachtzug in den deutschen Intercity. Die Jugend ist der Vorbote der Trennung, und höllisch und idiotisch und erschöpft hatten wir uns gestritten.

Später wohnte ich in der Nähe, kam jeden Morgen auf dem Weg zur Arbeit am Bahnhof vorbei, warf notgedrungen einen Blick auf die Stufen, wo sie damals geheult hatte und seitdem Millionen durchgekommen waren. Beginnt man so Tage? Wo gehörte was hin? Kein Wunder, daß sich, als ich mit einer haltlosen Münchner Irrliebe eines Nachmittags aus dem Grünen kommend über diesen Hauptbahnhof lief, das Drama steigerte: Jetzt nannte das Wirrnis aus Geltendorf den gemeinsamen Nachmittag ›einen schönen Ausflug‹. Keine Ahnung hatte ich, ob ich das blöde oder schön finden sollte. Ich fand es überhaupt nicht. Gehörte nirgendwo hin.

In Florenz wurde ich vom Frühling empfangen, von reifenden Orangen im Hinterhof der Herberge, die eine Villa war, nachdem im Appenin eben noch Schnee gelegen hatte. Das Herz fing Florenz ein und sollte es lange nicht freigeben. In Paris an Silvester morgens ein aufgebrochenes Auto, die Winterjacke geklaut. Danach lustige Küsse von Wildfremden auf einer Straße, aber ekliges Wetter an Neujahr und eine Abreise wie die Tablette beim Kater am Morgen danach.

Einzig New York umarmte mich einfach. Vor dem Flughafen zwei Busse, davor ein großer Schwarzer mit Tickets, er schien der größtmögliche zu sein, ein Riese. Ob es nach Manhattan ginge? »Right, Sir: Manhattan!« Seine Stimme war die dunkelste, belustigtste, ergriffenste, durchdringendste Stimme: »Eleven dollars.« Ich nahm seinen Ton auf, das heißt ich versuchte es, »eleven dollars, so much!« intonierte ich mit einem Zehntel an Stimmvolumen und überlegte, ob es *many* hätte heißen müssen, als der Große mit seinem überdimensionalen Grinsen »take a taxi« sang: »pay less!« Ich hielt ihm einen Zwanziger hin und er maulte gespielt, denn große Scheine mögen sie in Amerika nicht. Überflüssig erklärte ich, gerade angekommen zu sein, und er gab mir zehn zurück und dazu mit weicher, voller, schwarzer Stimme und hartem Rhythmus: »If you see me in Manhattan these days«, er nahm den Zeigefinger vor, um auf mich Touristen gerichtet den Takt zu jedem einzelnen Wort in die Luft zu schlagen, »you owe me: one dollar!« Im vollbesetzten Bus empfing mich freundliches Gelächter. Wie eine Großtante oder Schwiegermutter hatte New York mich ohne zu fragen an ihre dicke, überraschenderweise nicht schlecht riechende Brust gedrückt und geflüstert: »Willkommen, paß gut auf Dich auf hier, ich jedenfalls hab dich gewarnt.« Auf der Busfahrt dachte ich: kitschig, New York ist eine alte Dame. Später fragte ich mich, ob auch sie einen Krieg sehen würde, und dann kam er so schnell, wie nur Apokalyptiker es sich vorgestellt hatten, und betraf auch uns in Berlin, Hubschrauber kreisten eine Woche lang über unseren Köpfen.

Nach Berlin war ich beinahe zehn Jahre nach meiner Ausmusterung in elf Bahnstunden von München aus gefahren. Im Ankommen schon geübt, hatte ich aber die Aufregung vor dem ersten Mal nicht verloren. Ich traf nicht am Bahnhof Zoo ein oder gar an der Baustelle des Lehrter Bahnhofs der Zukunft, nicht mit dem ICE und auch nicht am Ostbahnhof, der zwischenzeitlich Hauptbahnhof geheißen hatte. Ich kam mit einem alten Intercity am Lichtenberger Bahnhof an: Eine fast dreieckige

Halle, wenn man aus der Unterführung der Gleise hochkommt, mit Geschäften und Schaltern, die fremd auf mich wirkten. Von hier fuhr aber auch all die nächsten Jahre der Zug nach München, und wahrscheinlich auf ewig fährt, was ich 1992 noch nicht wußte, von Lichtenberg der grüne russische Zug: anderthalb Tage bis Moskau, Radwechsel wegen der geänderten Spurbreite in Brest inklusive. Die letzten russischen Truppen sind von Lichtenberg aus abgezogen, sie haben es im Fernsehen übertragen, unaufgeregte Uniformierte in Stiefeln als Reisende auf dem Bahnsteig.

Nach der langen Zugfahrt war ich dankbar, mich bewegen zu können. Ich lief eine Treppe zum Quergang unter den Gleisen runter. Die erste Person, eine Frau mittleren Alters, fragte ich, wie man zum Alexanderplatz komme. Sie zeigte mir die Stufen zum S-Bahngleis, vielleicht dreißig Meter links den Tunnel runter, dann rechts hoch. Ich fragte nach Fahrkarten, einem Automaten, und sie gab mir einen abgestempelten Zettel: Die gelte noch eine Stunde. Ich sprang die Treppe hoch, belustigt und nicht ahnend, daß ich bald um die Ecke wohnen und mal glückselig, dann wutschnaubend Berliner sein würde.

»Nein«, sagte ich zu meinem ehemaligen Mitschüler und irritierte ihn damit, weil ich mir mit dem »ausgemustert« Zeit ließ. Ob, fragte er dann, meine Mutter denn noch nach Berlin gekommen sei, und ich erzählte vom Krankenhaus, warum es nichts Schlimmes war, seit wann mein Vater tot ist, wie er kurz nach meinem Abitur auszog und ein paar Jahre später eine ganze Reihe von Gehirnschlägen im Abstand weniger Tage hatte. Meine Mutter und seine Lebensgefährtin mußten sich mit der Wache am Bett abwechseln und dafür auch absprechen.

Mein ehemaliger Mitschüler nickte noch immer, und weil ich Lust hatte, ihn zu provozieren, sagte ich: »Weißt du, ich bin wegen dem Osten nach Berlin gegangen.« Ich erzählte ihm, daß ich am Samstag nach dem Fall der Mauer morgens zum Haus meiner Eltern gefahren sei, weil ich wie heute zufällig in der Stadt war, und daß der Stau an der Autobahnauffahrt in Sichtweite kam und noch viel länger als sonst war. »Kein Ende hinter der Brücke zu sehen«, sagte ich fachmännisch: »Rekord.«

Er grinste wieder, vorsichtig, sah auf seine Armbanduhr.

»Jeder dritte Wagen ein Trabant, nachdem ich über die Ampel bin und am Stau vorbeirolle«, sagte ich, und er nickte. Wie ich im Auto geweint habe, erzählte ich, wie gern ich geweint habe, wie gut es tat und wie überraschend das war. Als ich erzählte, wie ich später am Tag nach Hamburg gefahren bin und wie ich an Dutzenden auf der Standspur liegengebliebenen Trabbis vorbeikam, übertrieb ich nicht: »Große schwarze Pechvögel sind sie, dachte ich, toben müßten sie vor Wut. Aber komischerweise hatte keiner ein genervtes Gesicht. Niemand sah mir beim Vorbeifahren in die Augen, mit diesem falsch leeren Blick auf mein Anhalten kalkulierend, ohne mich darum bitten zu müssen, auf einen Wagenheber hoffend, ein Abschleppseil, eine Mitfahrgelegenheit bis zum nächsten Bratwurststand oder Telefon. Familienväter in ihren Fünfzigern mit rund gearbeiteten Schultern und langen muskulösen Armen, an denen große, nach außen gedrehte Hände hingen, Kinder und Schwiegereltern hinter der Leitplanke wartend und den qualmenden Motorraum beobachtend: Das war ihr erster Tag im Westen.«

Er nickte.

»Ich fuhr in meinem Studentenkäfer an ihnen vorbei,

hatte früh am Morgen meine Dachgeschoßwohnung in Münster per Einschreiben gekündigt, weil ich mit einem Stipendium nach Florenz, danach an die Universität München gehen würde. Ich wollte mittlerweile nach New York eines Tages«, sagte ich, »weg aus diesem Land, in dem man nicht leben kann, aber muß, und an dem Samstag überlegte ich, ob ich nicht meinen mühsam ersparten postgelben Käfer hier auf der Stelle verschenken sollte.«

»Wieso?« Jetzt war er erstaunt.

»Aus Glück, daß sie da waren.«

Er nickte wieder, als hätte er etwas verstanden, und sah in einem Reflex wieder auf seine Armbanduhr.

»Oder hatten sie nicht«, sagte ich mit Lust daran, ihm auf die Nerven zu gehen, »belächelt von der Welt hinter ihrer Mauer ausgehalten, bis die Mauer eingedrückt war? Hatten sie nicht bewiesen, daß man sich nicht wehren kann gegen die Einsicht, nicht auf Dauer? Hat nicht der Wachmann auf der Bornholmer Brücke ohne einen Befehl, die Grenze zu öffnen, sich Tausenden und Zigtausenden gegenüber gesehen, und spürte er nicht die Einsicht in sich? Er hat gewußt, daß, was bis zu diesem Abend seine Aufgabe war, sein Lebensinhalt und Lebensunterhalt, ein schlichter Fehler war, daß sein Leben eine Lüge war und er sie heute eingestehen mußte. Zigtausende standen da und hätten ihn einfach überrennen, hätten ihn mit dem Kopf nach unten an der Brücke aufhängen und ihm in die Hosenbeine pissen können, und er hätte im letzten Moment zufrieden gedacht: So widerlich sind sie, wenn man sie losläßt. Die Welt hätte aufs neue gestimmt. Aber jedes Kind hatte begriffen, wer keine Begründung mehr brauchte. Sie mußten nur stehenbleiben.«

Ich zerdrückte die Zigarette im Ascher.

»Und in diesem Moment der Stille, der totalen inneren Stille des Wachmanns, hat er, obwohl noch immer ohne Befehl, seine Machtlosigkeit und die totale Dummheit eingeräumt, mit der er die Grenze bewacht, ein längst Verlassener, und dann hat er, ohne einen Befehl zu besitzen, die Grenze geöffnet und ist nach Hause gegangen. Erst vor kurzem habe ich ihn im Fernsehen darüber sehr ruhig reden gesehen.«

Ob ich meinen Käfer verschenkt hätte?

Ich hatte nicht.

»Wieso nicht?«

»Ich wollte niemanden beschämen.«

Er nickte wieder mal.

»Aber plötzlich hatte ich«, sagte ich, und zwei andere Gäste sahen zu uns herüber, was mich noch lauter werden ließ, »eine Heimat. Jetzt konnte ich gehen oder bleiben, beides war möglich, ich war frei.« Und ich hatte die Szene in Haifa verstanden. Man blieb dort nicht trotz, sondern wegen des Unglücks.

Er nickte schon wieder oder noch immer, als sei er zum Nicken auf dieser Welt, und ich beschloß, nach diesem Kaffee zurück ins Krankenhaus zu gehen und zu behaupten, das Meeting sei ausgefallen. Ich würde einen Stuhl nehmen, mich an ihr Bett setzen und meine Krawatte lösen, wieder aufstehen, auf dem Flur einen weiteren schlechten Kaffee vom Automaten holen, die Krawatte über die Stuhllehne hängen und im Kaffee rühren. Ich würde sagen, daß er ungenießbar sei und ihn erleichtert ins Waschbecken kippen und mich wieder zu ihr setzen.

»Ja«, sagte er irritiert oder genervt, und daß er froh sei, daß die Wehrpflicht bald abgeschafft werde, denn heute sei die Lage anders, unübersichtlich, nicht mehr so einfach wie im Kalten Krieg. Aber er müsse leider los. Er zahlte für beide, fragte, in welche Richtung ich müsse. Ich zeigte in jene, aus der ich gekommen war, was ihn nicht irritierte. Daß ich noch bleibe, sagte ich. Also dann. Händeschütteln, und endlich war ich ihn los.

An der Theke kaufte ich Zigaretten, Streichhölzer und einen zweiten Kaffee. Durch die große Scheibe sah ich ihm noch nach. Ich war nicht aus Gründen nach Berlin gegangen, sondern aus einem Gefühl, und hatte jetzt einen dieser seltenen Momente, die sich wie eine Nacht allein in einem Billigmotel anfühlen, wenn du weißt, daß du, egal wie kompliziert, geliebt wirst. An jenem ersten Tag war ich mit der Karte der Frau zum Alexanderplatz gefahren, hatte mich von da bis zur Winsstraße durchgefragt, wo ich im ›Fiasko‹ auf Elmar wartete, nach dem mein ehemaliger Mitschüler mich nicht mehr gefragt hatte. Elmar wollte zwischen neun und zehn vom Labor kommen. Wir hatten uns nach der Schule ein paar Jahre aus den Augen verloren. Elmar war seit Ewigkeiten mit Antonella aus Turin zusammen, sprach längst italienisch, und sie sind noch heute zusammen. Statt für Turin entschieden sich die beiden für Berlin, wo ich ihn von München aus angerufen hatte. »Ist aufregender«, sagte er, kaum daß er saß und wir schon beim Thema waren.

Nach dem Bier gingen wir hoch in die kleine, unsanierte Wohnung der beiden im zweiten Hinterhof. Antonella war zur Familie gefahren. Wir kochten, redeten, tranken. Was eigentlich genau so fürchterlich an München sei: Die Frage mußte nach meinem Lamento ja irgendwann kommen. Wir hatten, ich weiß nicht wie lange, über Kunst fabuliert, hatten beide nicht das Gefühl, so vollkommen das Richtige studiert zu haben. Wir hatten auch Städtenamen ausgetauscht.

»Kann ich nicht genau sagen«, das war meine Standardantwort zu München, »wenn ich einen Witz mache, kratzen sie sich am Knie. Und sonst ist es auch nicht viel einfacher.«

»Zieh mal nach Kreuzberg«, sagte Elmar, »und versuch da, mit einem Türken zu verhandeln. Etwa um Lärm. Steh mal mit einem Türken an seiner Wohnungstür und verhandle mit dem. Rituale, du kannst erreichen, was du willst, glaube ich, nur das Ritual der ersten Respektsbekundung mußt du kennen. Das geht nicht in Wochen.«

In jener Nacht gingen wir nicht mehr raus. Wir tranken. Wir soffen, und als wir am Ende waren, sagte Elmar, es sei halb fünf. Das Saufen war in Berlin offenbar auch nicht wie in München.

»Nächste Woche fliege ich nach New York«, sagte ich schließlich, »zum ersten Mal.«

Nach New York wollte auch Elmar gerne.

»Kein friedlicher Ort, schätze ich.«

»Nee«, meinte er, »das ist klar, das ist nicht Berlin.«

Am nächsten Morgen weckte er mich kurz und verschwand zur Uni. Ich war für einen Vortrag in der Stadt, fünfzehn Minuten, nichts hing von ihm ab. Wer saufen kann, kann auch arbeiten, hatte ich mir früher immer anhören müssen, und Elmar ist da nicht besser. Ich ließ die ersten beiden Vorträge sausen, mußte nach der Mittagspause sprechen. Gegen zehn stand ich auf und verließ die kleine, dunkle Wohnung ohne Frühstück und suchte nach der Straßenbahn. Ich fand sie nicht sofort, aber es war ein klarer, kühler Tag. Unten ragte der Fernsehturm lustig aus der Stadt heraus. Vergiß den Vormittag ganz, dachte ich und ging langsam die Prenzlauer Allee runter, aus den Altbauten heraus. Die unromantischen Klötze lagen vor mir, und für einen leichten, kurzen Moment war egal, wie sie mich damals nach einem halben Tag Begutachtung ablehnten und ich kurz gegrinst und im Händeschütteln mein Gesicht doch verloren hatte.

Auf dem Alex standen kleine Buden, nahe an der S-Bahn, sie verkauften Gebäck und Döner irgendwie, soweit ich sehen konnte. Ich nahm mein Geld heraus, streckte meinen Kopf in ein kleines Fenster halb hinein und sagte freundlich und weshalb auch immer vorsichtig zu der Frau, daß ich hier wohl keinen Kaffee bekommen würde.

»Wieso«, sagte sie hantierend, »warnse böse?«

Zweihundert

Meine Schwester ist eine grazile, nicht leicht zu beeindruckende Person, und als ich aus Rom zurück war, sagte sie, man könne sich immer die einfachsten Dinge nicht vorstellen. Daß ein Schauspieler zum Präsidenten gewählt wird, daß Zahnärzte Gift in Zähne füllen oder eine Mutter ihr Kind verabscheut. Es sei, meinte sie, als ob man eine besondere Lust empfinde, das nicht naheliegendste zu denken. Das war typisch für sie, das letzte Jahr hatte sie nicht wirklich verändert.

Angefangen hatte es, als ich ihren Exfreund morgens auf der Post traf, auf der die beiden sich kennengelernt hatten. Damals war er schon eine Unzeit lang U-Bahnfahrer gewesen, Zugführer, und die Post hieß noch Postamt, roch stark nach Chlorid und wirkte insgesamt keineswegs etwa lässig, sondern lieblos. In der Reihe der Wartenden stand meine Schwester direkt vor ihrem Exfreund und regte sich über die Schikanen der Postbediensteten auf, die unbegrenzt mit anderen Kunden plauderten oder im Lagerraum hinter den Schaltern verschwanden und erst nach fünf oder zehn Minuten wiederkamen, als ob vorne niemand unter Zeitdruck wartete. Ein Zeitdruck, der nur dadurch entstand, daß man auch überall sonst sich anstellen mußte, warten, Zeit verplempern. Als meine Schwester nach drei Kunden und mehr als zwanzig Minuten, so hat sie es immer erzählt, ihre Paketkarte vorlegte, verschwand die Angestellte ebenfalls nach hinten und war dann im Durchgang zwischen den Regalen beim Quatschen mit einer Kollegin mal zu sehen, mal nur zu ahnen. Nach einer halben Ewigkeit kam sie zurück und teilte meiner Schwester unfreundlich mit, im Moment könne man die Sendung nicht finden. Meine Schwester sollte ein anderes Mal wiederkommen. Das war keine Machtfrage, sondern schon deren Antwort. Meine Schwester holte tief Luft, so erzählte es immer ihr Exfreund, weshalb er das Wort ergriff. Er war sicher, die Sendung sei zu finden, wenn man sie finden wolle. Dabei lächelte er die Frau unmißverständlich an. Nach ein paar weiteren Minuten, während der er meine Schwester wissen ließ, er sei genauso aufgebracht wie sie, kam die Postfrau mit dem Päckchen in der Hand wieder und legte es so demonstrativ uninteressiert auf den Tisch, wie sie vorher behauptet hatte, es nicht finden zu können. Zurück auf der Straße, sagte der Exfreund grinsend, die Frau habe ihn sicher für ein Parteimitglied gehalten. Im übrigen sei er Mark und der Meinung, daß dieser Staat relativ bald zusammenklappen würde. Dann gab Mark meiner Schwester die Hand.

Wie man ihn wegen seiner Neigung zu Naturwissenschaft und Technik und trotz seiner sehr guten Schulnoten eine Ausbildung als Mechaniker hat machen lassen, erfuhr sie noch am selben Abend. Sein Vater war aus der Partei ausgeschlossen worden, aber darüber wußte er selbst nicht viel. Später war er zum Zugführer aufgestiegen, so wurde es tatsächlich genannt, obwohl es neben sauberen Händen auch bedeutete, ganz in der Dunkelheit zu verschwinden. Er fand das, sagte er wieder grinsend, »schon konsequent«. Anfangs mochte er auch den Rausch der Geschwindigkeit. Der Genuß war aber nach wenigen Tagen abgeebbt, denn schnell wirken die Züge nur, weil sie so nah an den Wänden entlang fahren. Die Monotonie der Strecke wäre dagegen schon überirdisch eine Zumutung für den menschlichen Geist. Mit Beobachtungen der Fahrgäste versuchte er sich die Zeit zu vertreiben. Ein schreckliches Ziel, fand ich. Nach ein paar Monaten hatte er eine Theorie über das Zusammenspiel von Alkohol, Streitsucht und Tageszeit, in die er später den Einfluß der Jahreszeit einarbeitete. Überraschenderweise bestätigte sie nicht den Verdacht, der Winter sei das größte Problem, denn das war die Sommerhitze. Vor Selbstmördern hatte er keine Angst, sagte er, eher vor Mördern.

Als der Staat zusammenklappte, war er achtunddreißig und trauerte der verlorenen Zeit nicht hinterher. Er schrieb sich an der Technischen Universität für Informatik ein und fuhr nie wieder U-Bahn. Meine Schwester hatte er längst so aus den Augen verloren, wie sie ihn, aber ich sah ihn ein oder zwei Mal im Jahr auf der Straße oder der Post, die sich jetzt eine Filiale nennt, und mit der Dominanz der hellen Farben und dem Geruch nach neuem PVC noch immer nicht lässig, sondern vielmehr angestrengt wirkt. Als könnte Mark die Zeit unter der Erde doch nicht hinter sich lassen, war er immer genauso blaß wie früher. Eine neue Freundin habe ich an seiner Seite nie gesehen.

Als ich an dem Morgen zügig in die Post hineinkam, sah ich ein Dutzend Kunden vor mir warten und stöhnte offenbar laut, denn die meisten drehten sich zu mir um. Ich sah auf die Uhr und bemerkte Mark erst danach. Er stand am Ende der Reihe und grüßte. Seine Gesichtsfarbe war unverändert. Das Studium hatte er fertig, er hatte einen Temporekord dabei aufgestellt und arbeitete jetzt für Siemens. »Aber nicht gut bezahlt«, winkte er ab, »und immer nur mit befristeten Verträgen.« Ob ich nicht mit ihm nach New York fahren wolle, fragte er mich ohne Vorwarnung, und das erzählte ich an dem Nachmittag meiner Schwester, als sie mich am Telefon fragte, ob ich mit ihr nach Ägypten fahre.

»Was hast du gesagt?« Sie war beinahe empört.

»Wieso das denn, hab ich gefragt.«

»Und?«

»Er will die Wolkenkratzer sehen.« Da meine Schwester nicht antwortete, sagte ich: »Hat er gesagt und gegrinst. Im Fernsehen erinnern sie ihn immer an die kleinen Aussichtstürmchen auf Westberliner Mauerseite, von denen Amerikaner, Japaner und Westdeutsche in die DDR geguckt hätten wie in einen Zoo, meint er.« Sie sagte nichts. »Er will sehen, wie groß sie wirklich sind, im Fernsehen gäbe es ja keine Maßstäbe, meint er. Er will wissen, wie sich das Runtergucken anfühlt.«

»Und? Fährst du mit?«

»Quatsch. Wir haben eine Ewigkeit angestanden und wußten nicht, was wir reden sollten. Warst du mal in der Post letztens?«

Sie gehe überhaupt nicht mehr auf die Post, sagte sie, höchstens mal nachts zum Briefkasten.

Ich erzählte ihr, wie ich eine geschlagene halbe Stunde anstand, während die Postleute hin und herliefen, mit Päckchen und Formularen wiederkamen und sich mit verwrungenem Oberkörper halb über den Tresen beugten, um mit dem Kunden lange hineinzusehen und mit dem Kugelschreiber erst auf eine Stelle auf dem Formular zu weisen, dann auf eine andere und dazu zu nicken.

»Als wäre sie ein Juwelier oder Anwalt oder Architekt.«

»Wer«, fragte meine Schwester.

»Die Post«, sagte ich, »nach stundenlangem gegenseitigen Zunicken geht der Kunde dann mit einem kollegialen Gruß und dem Formular in Händen, immer ohne unterschrieben zu haben. Nach einer Ewigkeit war ich endlich dran, um zehn Briefmarken zu kaufen und ein Einschreiben abzugeben, die Postbedienstete registriert im Eiltempo das Einschreiben, druckt die Quittung aus, und als ich mich nach maximal zwei Minuten ein Danke murmelnd zum Gehen wende, fragte sie forsch, ob ich Lotto spiele. Ich verneine noch halbwegs höflich, weil konsterniert, da fragt sie mich in den Rücken, ob ich nicht ein neues Handy brauche, sie hätten da ein außerordentlich günstiges, aber zeitlich begrenztes Angebot für Kunden der Post.«

»Ja«, sagte meine Schwester.

»Das glaubst du doch nicht, oder?«

»Doch.«

»Die kriegt todsicher Provision.«

»Nein«, sagte meine Schwester, »wenn sie die Zahlen vom Zweiwochenplan nicht bringt, fliegt sie raus, und jemand anders darf sein Talent ausprobieren. So was siehst du bei der Bewerbung ja nicht.«

»Ich hab mich zusammengerissen, weil mit einem Wutausbruch der ganze Tag kaputt gewesen wäre.«

»Früher hast du dich da gefühlt, als wäre es die Essensausgabe für Obdachlose.«

»Mark meint, es ist egal, ob die Leute die Zeit mit Warten aus dem einen oder anderen Grund totschlagen oder dreimal täglich beten gehen.«

»Mark meint immer irgendwas.«

»Zum Beispiel, daß es eben nicht wichtig ist, in welchem System man lebt, daß jedes System von den Benutzern selbst gemacht ist und nur den Zweck hat, die Zeit totzuschlagen.«

»Wie viele kennt er denn?« fragte meine Schwester.

»Systeme?«

»Und warum wollen die Leute überhaupt ihr bißchen Zeit totschlagen?«

»Er meint, weil weder das Leben auszuhalten ist noch die Tatsache, daß es eines Tages erlischt.«

»Mark selber ist nicht auszuhalten.«

»Das würde er wahrscheinlich gar nicht bestreiten. Ihm ist es jedenfalls egal, in welchem System er lebt.«

»Mark ist gar nichts egal.«

»Um so besser.«

»Kann ich nicht bestätigen«, nörgelte meine Schwester.

Ich erzählte ihr deswegen nicht, wie ich mich von Mark mit kumpelhaft zum Gruß hochgeworfener Hand vor der Post verabschieden wollte, wo er meiner Schwester damals die Hand gegeben und sich vorgestellt hatte. Er hatte seine Autoschlüssel in der Hand, wir standen vor einem BMW, den er aufschloß. Ich staunte: »Den kannst du dir leisten?«

»In den achtziger Jahren als Antwort auf die Ölkrisen gebaut«, sagte er nicht ganz ohne einen bei ihm überraschenden Stolz, und ließ die Tür aufschwingen, »verbraucht dreißig Prozent weniger als jeder andere BMW oder Mercedes.«

Ich wunderte mich, daß das möglich gewesen sein sollte.

»Extrem simpel«, sagte er, »großer Motor, aber normale Leistung von 120 PS, damit arbeitet der immer im besten Drehzahlbereich, sehr niedrig eben. Man muß dem Benzin nur genug Zeit zum Verbrennen geben. Sonst geht ein großer Teil unverbrannt raus.«

Dreißig Prozent fand ich sehr viel.

»Man hat ihn nicht lange gebaut, er hält auch noch doppelt so lange. Außerdem galt er als Sparmodell und kam angeblich deshalb nicht an. Dabei fährt der auch Zweihundert.« Ein für ihn untypisches Lächeln huschte jetzt über sein Gesicht. »Aber wenn man ausrechnet, was allein in den BMWs dieser Welt an Sprit seitdem hätte gespart werden können.«

»Amerika hätte sich einen von drei Ölkriegen geschenkt, mindestens.«

»Oh, da geht's nicht um Öl«, sagte er selbstsicher.

Ich war überrascht: »Um was denn?«

»Um's Prinzip.« Er lachte.

Immerhin konnte er jetzt nach New York. »Ich hab ihm gesagt«, erzählte ich meiner Schwester, »er soll aus New York eine Karte schreiben.«

»Und?« Sie tat gelangweilt. Die beiden hatten nie zusammengepaßt.

»Was willst du in Ägypten«, fragte ich endlich, worauf sie gewartet hatte.

»Neuer Freund.«

Jetzt hatte sie mich. Er studierte Maschinenbau, was zu kommentieren, das entschied ich sofort, mir nicht zustand. Heute glaube ich, daß schon das eine Ausrede war. Sie wollte seine Familie besuchen. Daß ich einen chaotischen Sommer hinter mir hatte, wußte sie. Ich war zweimal umgezogen, hatte meine Prüfungen nach viel Nachtarbeit bestanden, wollte in der neuen Wohnung erst mal kein Telefon anmelden und überlegte, wo ich vor dem Wintersemester entweder ausspannen oder etwas erleben konnte. »Ägypten?« Ich überlegte.

»Jetzt überleg nicht«, sagte sie.

Zwei Wochen später flogen wir zusammen nicht nach Kairo, sondern nach Tel Aviv, weil ich eine Schulfreundin im Norden Israels besuchen wollte. Von dort wollten wir über den Sinai nach Kairo fahren. Der neue Freund meiner Schwester regte sich darüber am Telefon wohl sehr auf, ohne Gründe zu nennen. Oder meine Schwester gab mir die Gründe nicht weiter. Ich habe auch nicht gefragt. »Zell am See«, sagte sie am Flughafen mit schief gelegtem Kopf und verdrehtem Nacken das am losen Ende wippende Ticket lesend und fletschte die Zähne: »So ist das Leben.«

Beim Verlassen des Flugzeugkörpers über die herangefahrene Treppe empfing uns der Nahe Osten mit einer Luftfeuchtigkeit, die uns den Atem nahm. Gleichzeitig hartes und schweres Licht tat in den Augen weh, als wir vom Fuß der Treppe mit flatternden Hemden die paar Schritte bis zum Bus gingen, der auf der Rollbahn schräg zum Flugzeug stand und mit laufendem Motor wartete. Im Bus, der uns zweihundert Meter vorwärts zum Abfertigungsgebäude beförderte, klebte meine Hand unangenehm an der Haltestange. Auch im Gebäude war es nicht viel kühler. Meine Schwester kommentierte nichts davon, stierte abwechselnd in die Ferne und auf das Display ihres Telefons, daß beim Anschalten mehrere Nachrichten gemeldet hatte.

Während ich am Transportband auf die Koffer wartete, telefonierte sie. Sie stand mit dem Rücken zum Raum an einer großen Glasscheibe, durch die man auf die Rollbahn sah, und gestikulierte ins Leere. Warum ich noch immer kein Mobiltelefon besaß, wußte ich, und auch daß das Warten auf das Gepäck eine unmenschliche Geduld erfordert. Die dabei verstreichende Zeit steht in einem elenden Mißverhältnis zur Flugdauer, und macht den Entzug nach dem Geschwindigkeitsrausch des Fliegens noch schlimmer. Vergeblich versuchte ich, diese Spannung als Vorfreude aufs Ziel zu feiern. Wie tote Krokodile schoben sich die Gepäckstücke eins nach dem anderen durch die Lappen vor der Öffnung des billigen Blechgehäuses, aus dem unten unbeirrt das schwarze Transportband lief. Sie eckten an, drehten sich, fielen übereinander. Die ersten machten ihre zweite Runde. Unsere Koffer fehlten. Jetzt kommt halt da raus, wollte ich zu den Koffern sagen, und weil eine Frau ihren Blick von mir abwendete, merkte ich, daß mein rechtes Bein einen schnellen Rhythmus schlug, der jeden Beobachter nervös machte. Meine Schwester telefonierte, bis alle anderen Fluggäste weg waren. Wir die letzten. Meine Schwester telefonierte noch immer. Ich hatte gerade wirklich ungeduldig werden und etwas dazu sagen wollen, als erst meiner, dann ihr Koffer ans Licht kam.

Ich winkte meine telefonierende Schwester herbei, und sie stakste zu mir herüber, dabei weiter entrüstet ins Telefon sprechend, dann bittend, und als ich ihren Koffer, der für eine oder zwei Weltsafaris gepackt worden sein mußte, vom Band hob, berührte sie geistesabwesend den Griff, faßte aber nicht richtig zu, sah mich an oder durch mich hindurch, zudem stand sie mir im Weg, und als ich den Koffer greifen wollte, fiel er herunter, mit einem Laufrad mir auf den Fuß, genau auf den Halbmond des großen Zehnagels. Wegen meines Geschreis ging meine Schwester wieder zur Glaswand und hielt sich dabei ihr freies Ohr zu. Am Strand in Nahariyya verfluchte ich sie dafür. Jetzt legte sie aber auf und kam zu mir herüber.

»Ich muß sofort nach Kairo fliegen.«

Die Träne in ihrem linken Auge ließ mich mitten im Luftholen verstummen. Daß niemand einen länger kennt und deshalb besser versteht als die Geschwister, ist schließlich ein Bottich des Glücks, in dem man Widrigkeiten wie diese schnell unterrührt. Ich atmete wieder aus. In der Schalterhalle verbrachten wir noch einmal mehr als eine Stunde, während der sie einen Flug nach Zypern buchte und einen für den nächsten Morgen von Zypern nach Kairo. Meine Humpelei nahm während der Stunde von Schalter zu Schalter ab, ohne daß sie einen auch noch so kleinen Kommentar dazu machte oder gar etwas fragte. Immer wenn sie Kreditkarte und Paß vorlegte, und die Person auf der anderen Seite eines Tresens die Unterschriften oder das Foto mit ihr selbst verglich, zitterte sie vor Nervosität. War das meine zähe kleine Schwester? Erst ein Jahr nach dieser Ankunft, die eine Abreise war, erst als ich aus Rom zurückkam, begriff ich, daß ich in dieser Stunde in der Halle des Ben Gurion hätte intervenieren sollen, sie in den Arm nehmen und zum Essen mit anschließendem Strandspaziergang einladen und zum Sprechen bringen. Statt dessen winkte ich ihr nach, als sie für Zypern eingecheckt hatte und, den Monsterkoffer hinter sich herziehend, im Gang zur Sicherheitskontrolle verschwand. Ich hoffte nur, daß sie in Larnaka gleich ein Zimmer bekam.

Dann nahm ich meinen Koffer an die Hand und ging hinaus in den Sonnenuntergang. Schabbatt. Für 24 Stunden fuhr kein Bus mehr. Die warme, feuchte Luft in Nase und Brustkorb, Schweiß auf der Stirn, sah ich mich von sieben Taxifahrern bestürmt. Zum Glück gab es auch eine Telefonzelle, und ich erreichte Anne sofort. Sie sei davon ausgegangen, daß wir den letzten oder vorletzten Bus nach Nahariyya bekommen würden. Ob der Flug Verspätung hatte. »Das erkläre ich später«, erklärte ich. Mir blieb nichts als das Taxi, das mich durchs halbe Land fahren würde. Die Taxifahrer unterboten sich zum Glück gegenseitig, einer nach dem anderen stieg aus, und als bei zwei verbleibenden einer 550 Schekel sagte, nickte ich. So hatte Anne mich instruiert.

Die Fahrt dauerte zwei Stunden, ewiges Blinken, Ausscheren, Hupen, Überholen, wieder Einscheren. Unterwegs sammelten wir Fahrgäste auf und entließen sie wieder, dreimal füllte und leerte sich der Wagen.

In totaler Dunkelheit kam ich an. Es war warm. Anne preßte sich zur Begrüßung an mich, als käme sie aus der Wüste, und auch ich freute mich irre. Vom Altenheim, in dem Anne arbeitete und mir eine Kammer hergerichtet hatte, gingen wir durch eine kleine Seitenstraße zum Boulevard, setzten uns und bestellten Bier. Es hatte ein bißchen was von Paris im Hochsommer, jedenfalls etwas sehr europäisches. Aus Lautsprechern schrebbelten dieselben Hauer wie bei uns. Von den geschminkten Frauen in Armeeuniform, die beim Flanieren ihre schmalen Hände mit den rot lackierten Fingernägeln um den Gurt ihrer Maschinengewehre legten, hatte ich schon gehört. Sie zu sehen war jedoch etwas anderes. Die Gewehre hingen wie sonst Handtaschen an ihren Schultern, und es war eine eigenartige erotische Ausstrahlung, die von diesen Frauen ausging. Keine reine Attraktion, sondern deutlich mit meinem Selbstbehauptungswillen oder gar meiner Aggression durchsetzt. Ich fragte mich, ob ich eine naive Vorstellung von Liebe hatte, oder woran sich der Mensch gewöhnt.

Anne grinste, weil ich zweien hinterhersah. In der nächsten Woche würde sie mit einer Gruppe von Mönchen und Nonnen auf eine fünftägige Reise gehen. Negev und Sinai. Was ich nun allein vorhätte, fragte sie mich. Ich wußte es nicht. Zwei Kampfjets donnerten über unsere Köpfe weg Richtung libanesische Grenze, die maximal zwanzig Kilometer entfernt war. Ich sah Anne an und wollte die ganze Reise gerade bereuen. »Du kommst natürlich mit«, sagte sie da. Ich trank mein Bier aus.

Den Rest des Abends telefonierten wir im Altenheim mit dem Ziel, mir einen Platz in der Reisegruppe zu verschaffen. Der organisierende Mönch sträubte sich gegen einen weiteren Externen, wie er sagte. Es seien schon fünf in der Gruppe. Er wollte sich aber beraten. Einmal war Anne kurz auf ihrem Zimmer, als das Telefon ging, und ich in der Annahme und Hoffnung, es sei der erwartete Rückruf, dranging. »Ja, hallo?« Räuspern in der Leitung, dann die Frage, ob ich Deutscher sei. Ein alter Mann. Ich bestätigte. »Heil Hitler«, sagte die Stimme erbost, und der Mann legte auf. Kurz darauf kam der andere Anruf. Ich durfte mit. Und sollte auf der Reise Claudio kennenlernen, der sich schon beim Verstauen des Gepäcks und Verteilen der Sitzplätze um mich kümmerte. Die Tage bis dahin verbrachte ich lesend am Strand. Einmal bohrte ich auf dem Bauch liegend den Fuß vergessen in den Sand, der vom Bluterguß halb abgelöste Fußnagel klappte ganz um und riß ab, und seitdem weiß ich, was Schmerz ist. Meiner Schwester ging es hoffentlich gut! Abends half ich Anne mit den Alten.

Claudio war Mitte fünfzig, aus Kolumbien. Klein. Korpulent. Er hatte funkelnde kleine Augen und sprach italienisch und spanisch, ich englisch und deutsch. Also verständigten wir uns meist mit den Händen. Er studierte, wie ich von John, dem Iren, erfuhr, in Rom Kanonisches Recht. John war Geschäftsmann gewesen und aus Überdruß dem Orden beigetreten, sagte er. Eine Frau spielte aber auch eine Rolle. Mit ihm hielt ich bis zum nächsten Sommer brieflich Kontakt, und John war es auch, der mich nach Rom einlud.

In diesem Jahr erzählte ich meiner Schwester angeblich öfters von der Schwierigkeit, die Claudio am letzten Abend in Taba hatte. Er hatte sich uns Weltlichen angeschlossen, die wir am Strand schliefen. In einer Reihe lagen die Schlafsäcke der beiden Kölner, die vom Paar aus London, der von Anne und dann meiner. Wir sahen über den Golf von Akaba Richtung Rotes Meer, links die hohe rote Kante Arabiens, rechts der Stacheldraht der ägyptischen Grenze, an der israelische Soldaten mit ihren moslemischen Kollegen von der anderen Seite plauderten, jeder die Arme auf dem quer vor dem Bauch hängenden Maschinengewehr, in der rechten Hand eine Kippe. Einer von ihnen war sehr hübsch, und er wußte es.

In der Woche davor waren wir auf den Berg Moses geklettert. Morgens um fünf waren wir in der Kälte losgegangen, damit es beim Aufstieg nicht zu heiß wurde. Ich hatte Claudio, der zunehmend kurzatmig schien, öfters die Hand gereicht, manchmal hatte ich ihn auch richtig gezogen. Vielleicht log er bei seinem Alter und ging schon auf die sechzig zu, dachte ich mal, oder er ist krank. Aber wirklich nachgedacht habe ich über ihn nicht. Oben waren wir auf Pilger getroffen, die übernachtet hatten. Wieder unten hatten wir im Katharinenkloster Karten gespielt oder im Dorf Fladenbrot gekauft. Auf der Fahrt durch die Wüste hatte jeder im Bus durch das Mikrofon des Reiseleiters erklären müssen, warum er im Heiligen Land war. Die meisten Nonnen wollten den Boden küssen. Ich hatte gesagt, ich sei nicht religiös, aber sehr froh, sie alle kennenzulernen. Beim nächsten Halt kommentierte der Reiseleiter hochmütig: Also tatsächlich ein Atheist! Anne war sauer. Warum ich hier eine Auseinandersetzung suchte. Claudio nahm mich in den Arm. »You good«, sagte er, und ich wußte nicht, war es Respekt, oder sollte es Trost sein und war ganz verfehlt?

Am Strand in Taba hatten wir gebadet wie Kinder, hatten uns naßgespritzt und untergetaucht, und als Claudio die Kontrolle über seinen plumpen Körper verlor, hatte ich ihm in den Wellen meine Hand gereicht, ihn hochgezogen, und mich gewundert, wie leicht er war, oder wie sehr er sich auf mich verließ. Heute denke ich, er konnte nicht schwimmen.

Obwohl ich meiner Schwester davon erzählt hatte, wie Claudio seinen Schlafsack mit scheuem Blick neben meinen legte und ich ihm aus Höflichkeit und Sympathie zulächelte, wie er beim Einschlafen am Strand immer wieder zu mir herübergriff, mich am Arm faßte, am Hals, wieder am Arm, um dann, nachdem ich seine linke Hand weggeschlagen hatte, in seinem gebrochenen Englisch zu sagen, er würde sich zusammenreißen, und obwohl ich bis heute vor Augen habe, wie er sich schließlich seine eine Hand mit der anderen Hand festhielt, um mir zu zeigen, daß es jetzt gut sei – ich begriff es nicht.

Noch mal vier Tage hatte ich dann mit Anne. Sie arbeitete tagsüber, abends aßen wir mit den Alten. Am letzten Abend tranken wir auf der Terrasse und redeten, und als wir zu unseren Zimmern hochgegangen waren, dirigierte sie mich im Gang mit einer Kopfbewegung in ihres.

Auch wenn es unglaubwürdig klingt, das war in dieser beinahe zwanzigjährigen Freundschaft das einzige Mal, und unsere Verbundenheit war unaufgeregt, ganz, normal und wichtig. Warum es nie sonst so ist, scheint mir seitdem die Frage zu sein. Aber vielleicht reicht einmal im Leben auch. Zum Flughafen hat sie mich nicht gebracht, weil sie arbeiten mußte.

Meiner Schwester habe ich davon angeblich nichts, von Claudio dafür mehrfach erzählt, sagt sie, und wahrscheinlich ist das kein Widerspruch. Vielleicht haben wir auch fast nur über sie gesprochen. Die Familie in Kairo hatte sie gar nicht zu sehen bekommen. Zwei Wochen hatte sie im Hotel gewohnt, hatte sich die Stadt angesehen, abends kam ihr Freund für eine Stunde. Er erklärte, daß alles sehr schwierig für ihn sei, und er sie nicht einfach unvorbereitet mitbringen könne. Jeden Tag sagte er bestimmt, daß er mit der Mutter sprechen würde, und jeden neuen Tag, warum es nicht gegangen sei, noch nicht. Der Tag würde kommen. Das wisse er. Schließlich fuhr sie allein zu den Pyramiden und dann vorzeitig zurück nach Deutschland, und ihr neuer Freund sagte, als auch er zu Semesterbeginn wieder da war, die Liebe würde sich jetzt beweisen. Er jedenfalls seine. Dabei sah er ihr mit »dieser unglaublichen Ernsthaftigkeit« in die Augen, sagte sie und lachte dabei laut. Ich zeigte ihr die Karte von Mark, die er mir aus New York geschickt hatte. Die Menschen in den Bergen liebten die Tunnel, schrieb er, und die Menschen an der See liebten die Türme. Dabei sei beides offensichtlich dasselbe. Er war mit keinem Fahrstuhl durch einen Wolkenkratzer gefahren, sondern, nachdem er einen aus der Nähe gesehen hatte, auf einen langen Spaziergang gegangen. Wir lachten beide, aber ich wußte, es ging ihr nicht gut. Mark haben wir nicht wieder gesehen.

Mit John hatte ich ein paar Briefe gewechselt, wie gesagt, und als ich ihm im Frühjahr mitteilte, im Sommer in Italien zu sein, schrieb er sofort zurück. Ich solle sie besuchen kommen. Meine Schwester buchte noch mal einen Flug nach Kairo, denn mittlerweile wußte die Mutter ihres neuen Freundes von ihr und wollte sie treffen. »Du willst doch wohl nicht heiraten«, sagte ich einer Eingebung folgend, aber ihr Blick schlug sich nach innen. Sie wollte nicht mehr darüber reden. Zufällig würden wir am selben Tag zurückkommen.

Das Kloster der Franziskaner liegt direkt am Tiber, und John und Claudio empfingen mich am geöffneten Tor. Ich sollte meinen Wagen im Hof parken. Wie ein kleiner Junge freute sich Claudio über das Wiedersehen. Ich sollte zwei Tage bleiben. Sie gaben mir ein Gästezimmer in einem Seitentrakt des großen alten Gebäudes, in dem ein Bett, ein Stuhl und ein Tisch standen. In der Schublade des Tisches lagen eine Bibel und Briefpapier. Zum Mittagessen gab es Wein. »Trink«, sagte Claudio und machte Zeichen, das gäbe einen schönen Mittagsschlaf. Danach sei der Nachmittag wie ein zweiter Tag.

Abends kamen sie in der Bar zusammen. Die Jungen saßen in ihren braunen Umhängen vor dem einzigen Fernseher im Haus, der mit einem Eisengestell an der Decke befestigt war. Zwei von ihnen schmissen die Bar, wo sie Cocktails mischten. Ich wußte nicht, regte mich das auf oder belustigte es mich? John war es unangenehm, er entschuldigte erst die anderen, dann sich.

Ich sah mir Rom an. Auf der spanischen Treppe hatte ich einen Flirt, aber als ich merkte, daß die Frau genau wußte, was sie wollte, erzählte ich, im Kloster zu wohnen, und sie ging weg. Mit einem Studenten von Claudio strich ich einen Nachmittag durchs Vatikanische Museum. In der zum Kloster gehörenden Kirche nahm ich an einer Messe teil, auf der alle für mich beteten. Möge auch ich meinen Weg zu Gott finden.

Am zweiten Abend schlug Claudio in der Bar vor, auf sein Zimmer zu gehen. John warf mir einen Blick zu, den ich nicht verstehen wollte. Wir gingen einige lange Gänge entlang, an deren Ende immer eine verschlossene Tür war. Claudio hatte einen großen Eisenring mit den Schlüsseln und wußte immer sofort, welchen er benötigte. Auf seinem Zimmer hatte er eine Flasche Whisky und im Ghettoblaster Bachsche Orgelmusik, die auf dem Gerät scheußlich klang. John schien unruhig zu sein. Das Zimmer war mit meinem quasi identisch. Claudio bot mir an, auf dem Bett zu sitzen, goß Whisky in Gläser. Der dritte Mönch, der mit uns mitgelaufen war, verabschiedete sich plötzlich, und genauso plötzlich fühlte ich mich unwohl. Als John nach zehn Minuten sagte, er sei müde und wolle ins Bett, ob das okay für mich sei, reagierte ich aber immer noch nicht. Ich nickte. Er nahm seine Jacke und wünschte eine gute Nacht, und in meiner Erinnerung war die Tür hinter ihm nicht mal ins Schloß gefallen, als Claudio mit einem Hechtsprung auf mir war, seine Zunge quer über mein Gesicht fuhr, die Schneidezähne dabei erwischt hatte. Seine kleine, speckige Hand war unter meinem T-Shirt. Ich stieß ihn von mir fort, war aber nicht mehr wie im letzten Jahr sicher, stärker als er zu sein. Dann stand ich schon neben dem Bett.

Er entschuldigte sich. Ob ich auf mein Zimmer wolle. Das wollte ich. Wir gingen die Gänge, die wir erst vor einer Viertelstunde zu viert hochgekommen waren, zu zweit zurück, wieder schloß er an jedem Ende eine Tür mit dem großen Bund auf und hinter uns wieder zu. Sein Atem rasselte. Ich mußte ihm jetzt vertrauen. Tatsächlich stand ich irgendwann vor meinem Zimmer, er wünschte eine gute Nacht.

In dieser Nacht schlief ich nicht. Schwarze Tiere kamen und trampelten auf mir rum. Sie liefen in beliebige Richtungen weg, und wenn sich mein Atem beruhigt hatte, kamen sie achtlos zurück und wiederholten es. Irgendwann wurde es hell. Das Frühstück ließ ich aus, ich packte meine Sachen und brachte sie zum Wagen. Dann gab ich im Sekretariat den Schlüssel ab, und der junge Mönch telefonierte nach Claudio. Zusammen mit John kam er die Treppe in der Halle herunter, gut gelaunt. Sie begleiteten mich zum Wagen und winkten, als ich auf dem Kies beschleunigte wie jemand, der drei Tage durchgesoffen und dabei nicht einmal die Aschenbecher geleert hatte. Am nächsten Tag hatte ich einen Vorstellungstermin in Zürich. Wie ich in meiner Verfassung dorthin kommen sollte, keine Ahnung. Ich würde den seit Monaten vorbereiteten Termin nicht einhalten und, statt Tatkraft zu zeigen, mit Entschuldigungen kommen. Toll.

Am Ortsausgang stand ein Tramper, ich hielt an. »Wohin«, fragte ich.

»Zürich.«

»Hast Du einen Führerschein?«

Er nickte. Er war sehr jung.

»Zeig mal.«

Er kam um den Wagen herum, nahm ein Portemonnaie aus der Hintertasche seiner Jeans und entnahm ihm den Schein. Ich stieg aus und sagte: »Bitte«, und stieg auf der Beifahrerseite wieder ein. Die erste halbe Stunde beobachtete ich, wie er fuhr. Er fuhr sehr gut. Den ganzen Tag. Meistens schlief ich. In den Pausen lud ich ihn zu Cappuccinos ein, denn er hatte offenbar keinerlei Geld.

Am Abend fragte ich: »Kannst Du noch?«

Er nickte, aber nicht überzeugend. Jetzt fuhr ich knapp vier Stunden. Dann wechselten wir wieder, und ich schlief auch wieder ein. Erst im Morgengrauen wachte ich auf, wir rollten ruhig am Züricher See entlang, der unter Nebel lag. Mir ging es viel besser. Ohne mich etwas zu fragen, fuhr der Tramper zum Bahnhof, zog die Handbremse an und stieg aus.

»Einmal Rom-Zürich«, sagte ich, und er lächelte kurz.

»Tolle Geschichte«, sagte meine Schwester abwertend, »wie war das Gespräch in der ETH?«

»Gut gelaufen.«

»Du mußt dir jetzt auch endlich mal holen«, sagte sie barsch, »was dir zusteht.« Und nach einer Pause: »Alle machen das so.« Sie sah gealtert aus, wie man nach Katastrophen eben aussieht.

»Wie war es bei dir«, fragte ich. Aber genau wie vor dem Sommer verschwand ihr Blick. Während sie nur mit ja und nein auf meine Fragen antwortete, bekam ich heraus, sie wollten tatsächlich heiraten. Etwas anderes kam für ihren Freund, der sich quälte, gar nicht in Frage. Die Mutter mußte aber zustimmen.

»Und«, fragte ich ungeduldig.

»Wir sind einen Nachmittag dagewesen.«

»Ja?«

»Zum Tee.«

»Und?«

»Dann sind wir wieder gegangen.«

»Ja. Und?«

»Am nächsten Tag hat er mich angerufen.« Sie machte eine Pause.

Ich sah sie an: »Wieso nicht?«

»Ich war ihnen zu alt.«

Ihren neuen Freund hat meine Schwester nie wieder gesehen. Den Brief, den ich John bald darauf schrieb, hat er nie beantwortet. Ein Jahr später nahm Mark, wie wir aus der Zeitung erfuhren, sich mit Schlaftabletten das Leben. Wahrscheinlich hat er es aber vielmehr bloß weggeworfen.

Russischer Rap

Ich hatte nie darüber nachgedacht, wann und mit wem ich nach Moskau fahren konnte, sagte aber zur Freude der Institutsleitung gleich ja. Daß ich den Zug nehmen wollte, stieß auf Unverständnis. Ungläubig ließ die Sekretärin mich wissen, ich könne doch mit der Lufthansa fliegen. Weil ich nein sagte und daß ich sehr gern mit dem Zug führe, behauptete sie, ich würde da unterwegs todsicher ausgeraubt.

Dabei beherrschte sie sich offenbar noch und hätte am liebsten, so schien mir, etwas wirklich Albernes oder Groteskes gesagt. Vielleicht kam es ihr kindisch vor, daß ich mich auf Moskau freute, aber vielleicht war sie von meinem Interesse auch gekränkt, denn nach Moskau waren alle aus dem Institut seit Jahrzehnten gefahren. Alle sprachen fließend russisch, verachteten oder fürchteten Rußland und fuhren jetzt, wann immer möglich, nach München oder, viel besser, nach Los Angeles und Los Alamos. Vielleicht hatten sie sich meine Teilnahme an der Moskauer Konferenz als eine Art kleine Strafexpedition ausgedacht, Preis für meinen Wunsch, ausgerechnet in Berlin arbeiten zu können, den sie mir, was unüblich ist, erfüllt hatten. Und jetzt sahen sie mich diese Strafe in einen Urlaub umwandeln. Mir egal. Niemand wußte, daß ich beschlossen hatte, meine Karriere ausklingen zu lassen, und das in Moskau zu tun, gefiel mir ausgezeichnet. Moskau, das war mir im Moment klar, lag auf der Rückseite meiner Sehnsüchte, so daß ich in Moskau vielleicht hinter sie käme. Ich sagte wirklich ohne Zögern ja.

Im Herbst hatte ich im langweiligen Genf gearbeitet

und einen bissigen Vortrag gehalten, im Winter war ich, ebenfalls auf meinen Wunsch, in New York. Immer hatte ich es vage mit gefährlicher Liebe assoziiert, mußte komischerweise oft an einen Film denken, der mit einem Mann und einem weißen Sonnenschutz aus Plastik auf seinem Nasenbein am Strand von Coney Island beginnt. Der Titel des Films fiel mir nicht mehr ein, wahrscheinlich weil in Filmen in New York immer Sommer ist. Was es von jeder deutschen Stadt unterscheidet ist etwas anderes: die Tatsache, daß Macht, Geld und Geist hier zusammenkommen.

Darauf kam ich im Winter, als New York ganz anders war als im Kino. Er hatte der Jahrhundertwinter geheißen. Sechs Wochen lang 25 und mehr Grad Frost, dazu ununterbrochen Windstärke sechs. Ich arbeitete auf Long Island in einem Forschungsghetto, Brookhaven, eine ehemalige Militärkaserne aus den Weltkriegen, und die dreihundert Meter zur Cafeteria fuhren wir immer mit dem Kleinbus des Instituts. Meine Abende begann ich drei Monate lang in der Kantine vor dem Trivialfernsehen auf einem Großbildschirm und beschloß sie auf meinem Zimmer im Gästehaus, im Bett Roman auf Roman lesend und Bier dazu trinkend.

Am ersten Freitagnachmittag wollte ich nach Manhattan, ich wollte die drei oder vier Kilometer zum Bahnhof zu Fuß gehen. Alle meine Pullover und Jacken zog ich übereinander, setzte zwei Mützen auf, zurrte die Kapuze der Daunenjacke eng darüber und über den größten Teil meines Gesichtes. Draußen lehnte ich mich beim Gehen mutig in den Eiswind. Wenn man nur will! Aber nach weniger als einer Viertelstunde hatte ich im Weiß des Kristallgestöbers das Gefühl für Entfernung verloren.

Ich kämpfte gegen immer öfter auftretenden Atemstillstand. Das bißchen freie Gesichtshaut brannte, als begösse man sie mit kochendem Wasser. Umdrehen und zum Haus zurückkehren war unmöglich, ohne daß ich hätte sagen können, wieso. Undeutlich sah ich weit vor mir im Weiß und eingerahmt von den Eiskristallen in meinen Wimpern die rotweiße Schranke des Institutsgeländes. Dahinter verlief quer die Landstraße. Noch arbeitet mein Verstand, dachte ich, aber wieso kann ich keine Entscheidung mehr treffen? In die Schmerzen in meinem Gesicht spürte ich ein Heulen steigen. Ich hätte am liebsten in die Knie gehen mögen, um dem Wind weniger Widerstand zu bieten, und war wohl im Begriff zu verstehen, daß ich mich in Lebensgefahr gebracht hatte, ich war nicht weit von dem Punkt entfernt, wo ich alle Kraft benötigen würde, um diesen Gedanken zu unterdrücken oder ihn zuzulassen, als ein Wagen neben mir hielt, die Beifahrertür aufflog.

Ein älterer Kollege brüllte mich an, ob ich ›crazy‹ sei, ich solle sofort einsteigen. Er suchte seinen Zorn über meine Dummheit zu beherrschen, als wir zu zweit endlich die Tür gegen den Wind zugezogen hatten und er losfuhr. Stille. Nadelstiche im Gesicht, das im Spiegel wie rohes Fleisch aussehen mußte. »You shouldn't go out in this weather.«

Er setzte mich am Bahnhof ab, wo ich vom Wagen in die Wartehalle flüchtete. Beim Warten sah ich nach draußen. Schon eigenartig, wie die Sinne unter dem Eindruck eines Extrems dir jede Vorstellung vom Normalen versagen: Daß eine Blume sich im Wind biegt oder ein Kind Fahrrad fährt, war unmöglich.

Der aluminiumgraue Zug mit den winzigen, grimmigen Fenstern war sehr leer, er brachte mich in neunzig Minuten nach Manhattan. Zwischen den Hochhäusern hatte man als Fußgänger in der einen Richtung Schutz vor dem Wind, aber wenn man um die Ecke kam, war es mit Atmen wieder vorbei. Immerhin kannte ich nach zwei Monaten ein paar Bars, hatte drei oder vier Telefonnummern auf Streichholzpappen und, weil New York immer gut ist, meinen Lebenslauf verschönt. Meine letzte Arbeit, der Beweis des rechtshändigen Isospinhintergrundfeldes, kam wie ebenfalls eingefroren nicht sichtbar vom Fleck, aber ich glaubte täglich mehr an seine Existenz. Und wenn Christiane aus Sydney anrief, stöhnte sie über die Hitze.

An einem Februarsamstag ließ der Wind plötzlich und endlich nach. Mit einer Arbeitskollegin fuhr ich in einem geliehenen Wagen nach Coney Island. Sie hatte die Nacht zuvor, nach einem Besäufnis im Aufenthaltsraum des Gästehauses, im zweiten Bett meines Zimmers geschlafen und am späten Vormittag für ein Grinsen bei der dicken, schwarzen Putzfrau gesorgt, die ohne anzuklopfen hereingekommen war. Lisa. Am ausgestreckten Arm den Apparat haltend, machte sie am Strand ein Foto von uns, den anderen Arm um meine Schultern gelegt, zwei große unscharfe Köpfe mit ebenso großem Lächeln zwischen den dicken Schals und im Wind fliegenden Haaren. Als seien wir ein Paar. Im Hintergrund ein rostiges Riesenrad. Auf dem Sand Schneereste wie weiße Flecken auf einem hellbraunen Kuhfell. Bald darauf kam der Frühling innerhalb von zwei Tagen, und mein Aufenthalt war zu Ende.

Mit dem Organisator der Moscow State University sprach ich im Flur des Zeuthener Institutes über mein

Thema. Den Beweis für das Isospinfeld hatte ich mittlerweile gefunden, er war rückblickend, wie es sein soll, simpel. Der in Brookhaven noch vage gehaltene Vortrag über meine Entdeckung und der zum größten Teil hinter uns liegende Berliner Sommer fielen mir noch mal ein: Vergangenheit. Auch der Sommer würde bald dazugehören, und als ob es sich bei diesem Jahr um eine Komödie handelte, war er der Jahrhundertsommer genannt worden. Wahrscheinlich gibt es ein Grundbedürfnis des Menschen nach dem Superlativ. Kein Jahr vergeht ohne den heißesten Märztag, den trockensten Juli oder die wärmste Septembernacht. Sonst wäre es ja auch egal, mit wem man wo lebt und wann. Mein polarisierendes Thema akzeptierte der Moskauer Kollege bereitwillig. Ich feierte: Moskau!

Der Zug fuhr täglich aus Lichtenberg, das war zehn Fußminuten von unserer Wohnung, die Verbindung in den richtigen Osten hatte ich also vor der Haustür. Ostberlin liebte ich fast nach den Jahren in München, endlich hatte ich Geschichte zum Anfassen und jeden Tag. Bei Lichtenberg winkten die meisten natürlich ab, dabei ist es um den Bahnhof herum oder auf den zweiten Blick genauso hübsch wie in Friedrichshain oder Prenzlberg, fast schon zu hübsch eigentlich. Wir wohnten weiter unten, am Nöldnerplatz, und das war wirklich Ostberlin, wenn man aus München kommt: Arbeiterhäuser, ungefähr hundert Jahre alt und eines verrotteter als das andere und keine nette Kneipe oder überhaupt etwas Nettes in der Nähe. Für einen vom monotonen Münchner Schick Ermüdeten also die totale Entspannung. Türen und Fenster hatten wir irgendwie bunt gestrichen, die Miete war zu vernachlässigen, die Hausverwalter kümmerten sich eh um nichts. Endlich das Abenteuer Nachkriegszeit, wenn auch, wie bis jetzt immer in unseren Leben, in harmloser Miniaturausgabe. Daß unser Vormieter wegen einer geplanten, dann aber abgesagten Sanierung gekündigt worden war, erfuhren wir erst viel später. Ende fünfzig, beteuerte die alte Frau im Laden an der Ecke, sei er gewesen, in der Wohnung geboren …

Am 14. September ging mein Zug. Am Tag zuvor ließ die Sekretärin mich wissen, daß ich 400 Dollar vor Ort in bar zu bezahlen hätte, eine Konferenzgebühr. Ich verbrachte den halben Tag damit, Reiseschecks zu besorgen. In der Zeuthener Filiale empfahl man mir, nach Königs Wusterhausen, Kahweh genannt, zu fahren. Das tat ich, von Zeuthen aus zwei Stationen, und rannte eine Stunde erfolglos von Bank zu Bank. Am Ende, ich hatte es schon aufgeben wollen und mir für die Veranstalter Ausreden wegen meiner Euroschecks ausgedacht, bekam ich sie doch noch, bei uns um die Ecke, von wo sie umständlich und teuer mit meinem Münchner Konto verrechnet wurden. Ich beschloß, falls ich aus Moskau zurückkehren sollte, mit dem Konto eines der letzten Relikte meines Münchner Lebens aufzulösen.

Morgens verabschiedete ich mich am Nöldnerplatz von Christiane und vom zu schnellen Sommer, in dem wir eine Woche auf Hiddensee am Strand geschlafen hatten, Arm in Arm durch Prager Hitze gelaufen waren und ganze Nächte am Wasserturm im Prenzlauer Berg sich wie Südeuropa angefühlt hatten. In Moskau, das wußte ich, ohne es denken zu müssen, würde mich Kälte erwarten. Ich fuhr die eine Station zum Bahnhof hoch, erregt wie seit Jahren nicht mehr von einer Reise.

Vom Innern der S-Bahn aus war der Zug, in einem abgewetzten dunklen grün und kurz, schon auf einem der Nachbargleise zu sehen. Ob es im Zug überhaupt zu Essen gab? Darum hatte ich mich keine Sekunde geschert. Herzklopfen, auf Stirn und Nacken bildete sich ein Schweißfilm. Meine plötzliche Angst versuchte ich mit der Hoffnung einzudämmen, daß das Essen genießbar und nicht überteuert war. Die Waggons hatten Schilder mit zwei gekreuzten Flaggen und der Aufschrift Moskau – Berlin in lateinisch und kyrillisch auf jedem der Waggons. Das sah lustig aus. Und weiter hinten gab es ein Restaurant! Es war ausschließlich kyrillisch beschriftet und trotzdem sofort erkennbar. Glück gehabt. Hoffentlich hatte die Sekretärin nicht recht. Ich fing an, die Schrift überall entziffern zu wollen, konnte aber gar nichts. Erst als ich Thomas getroffen hatte und mit seinen Instruktionen allein in der Moskauer U-Bahn unterwegs war, ging es besser. Die Moskauer U-Bahn übrigens ist betäubend: irre schnell und jede Minute ein Zug, jeder berstend voll mit tausend Menschen aus Kasachstan, Kirgisien, Abchasien und was es im unendlichen Osten noch an Namen gab, die im Kopf und auf der Zunge gehen zu lassen die Fantasie beflügelt. Der Bahnsteig füllte und leerte sich wie ein schnell und selbstsicher atmendes Organ. Unter den vielen Völkern sind die Moskauer dabei leicht auszumachen in ihrer klassischen Eleganz. Die ist schöner noch, lakonischer als die in Paris.

Erst vor ein paar Tagen hatten wir die Abreise der letzten russischen Truppen von diesem Bahnsteig im Fernsehen gesehen. Jetzt zeigte ich zum Einsteigen mein Ticket mit der Platzkarte vor. Der Schaffner sprach nur russisch und sollte über die kommenden anderthalb Tage zum vertrauten Begleiter werden.

Im Abteil, als ich die Tür öffnete, befanden sich ein Paar in meinem Alter und der Vater der Frau, wie sich gleich herausstellte. Wegen der Enge und der Fremde verließ ich das Abteil sofort wieder und ging zum Einstieg zurück, um dort die Zeit bis zur Abfahrt zu verbringen. Der jüngere der beiden Männer war aber gleich hinter mir hergekommen und blieb bei mir stehen und bot mir lächelnd eine Zigarette an.

Ich hatte mit dem Rauchen eigentlich aufgehört, wollte die freundliche Geste aber nicht abweisen, also rauchten wir. Nach dem ersten Zug sagte er etwas von Geld, 700 Mark, die sein Schwiegervater, »Vatterr ffonn Frreundinnn«, nicht mit hineinnehmen dürfe ins eigene Rußland. Ob ich das machen könne. Sein Deutsch war eher anstrengend. Ich überlegte, sah aber keine Gefahr für mich, schließlich vertrauten sie mir ihr Geld an. Außerdem wollte ich Frieden im Abteil und war fremd, dazu Minderheit. Ich war jetzt schon erschöpft, vielleicht wegen der überstandenen Angst, anderthalb Tage unvorbereitet ohne Essen auskommen zu müssen. Ich sagte zu. Wir gingen zurück zum Abteil, setzten uns. Der Vater schloß die Schiebetür und zwinkerte mir zu. Mit zur Seite gestrecktem Oberkörper und gestrecktem linkem Bein holte er ein dickes Bündel Geldscheine aus seiner Hosentasche, also ein wirklich dickes Bündel, vielleicht zwei Zentimeter dick, vielleicht drei, das ist schwer in Zentimetern abzuschätzen. Einen dicken Packen Scheine.

»Das sind 4000 Mark«, sagte der Jüngere, als ich den Packen Hunderter und Zweihunderter übernahm.

Ich lächelte, wahrscheinlich unsicher, und sagte, okay, die anderen lächelten aufmunternd zurück. Ich begann die Scheine zu zählen. Die drei sahen mir ruhig zu. Das

Zählen dauerte. Die drei sahen mir auf die Finger. Das Zählen dauerte so lange, als wäre ich auf einer Wanderung im Hügelland und wollte die nächste Anhöhe noch erreichen, der ich aber im Abstieg vom letzten Ausblick nicht näher kam, die sich mit jedem Schritt, den ich auf den Boden blickend vorwärts machte, entzog, als sei ich wie ein Kind hinter der Sonne her. Bei 2000 war erst das Tal erreicht. Die drei lächelten weiterhin ruhig, und ich gab auf. Von der Zigarette auf nüchternen Magen war mir schlecht. »Ist ja egal«, sagte ich, faltete das Scheinepaket in der Mitte so gut es trotz Dicke ging zusammen, steckte es mit zur Seite gestrecktem Oberkörper und gestrecktem rechten Bein in meine Hosentasche und dachte, das ist wie ein Krimi im Ruhrgebiet. Die anderen lächelten unerschütterlich.

Der Jüngere verabschiedete sich dann, er fuhr gar nicht mit nach Rußland, und ich war mit Vater und Tochter im Abteil. Reden konnten wir gar nichts, so lächelten wir uns ab und zu an, mit dem Vater vor allem. Ein Lächeln der Tochter hätte mich auch nicht gestört, aber sie war richtiggehend scheu, wie auch später alle jungen russischen Frauen, mit denen man flüchtig zu tun hatte.

Der Zug setzte sich in Bewegung, fuhr in einem Bogen nördlich der Frankfurter Allee, kam dann wieder in den südlichen Teil herunter. Der Vater stellte eine Reihe Bierdosen verschiedener Sorten auf einem Vorsprung der Heizungsverkleidung unter dem Tisch auf, dazu eine Flasche Korn. Er begann von beidem zu trinken und bot mir von beidem an. Ich lehnte dankend ab, und ging auf einen Kaffee ins Restaurant. Dort befand ich mich plötzlich schon in Rußland: Der Wagen war reich geschmückt, Lampen, Gardinen, Tischdekor, jede Einzelheit an sich vollkitschig, aber zusammen hatte das etwas sehr Selbstverständliches. Es berührte mich. Der Kaffee kostete so viel wie in einer Berliner Kneipe, für ein Zugrestaurant also vollkommen akzeptabel, und war ausgezeichnet. Ich beglückwünschte mich zur Zugfahrt und richtete mich auf sie ein: 30 Stunden in eine andere Welt, eine andere Zeit zu fahren, in ein anderes Leben, wenn es dort außer Chaos welches geben sollte. Aus meinem eigenen war ich schon entfernt.

Den Halt in Frankfurt verbrachte ich im Restaurant. Ich hätte mit den 4000 Mark einfach aussteigen und abhauen können. Als mir das klar wurde, packte mich Panik, das Geld sei gefälscht und die beiden mit meinem Gepäck durchgebrannt. Den Gedanken wie ein Fenster auf dem Computerbildschirm wegzuklicken, gelang mir nicht. Aber auf keinen Fall wollte ich hektisch zurücklaufen, und mich lächerlich machen. Als ich auf polnischem Boden ins Abteil zurückkam, waren Vater und Tochter ganz entspannt. Sie wußten, ich würde ihnen das Geld so schnell wie möglich zurückgeben, sobald wir auf weißrussischem Boden waren.

Ich las in ein oder zwei Artikeln über Quantengruppen und nicht-kommutative Geometrie, eine Erweiterung der Heisenbergschen Unschärferelation. Die meisten Autoren hatten die eigentliche Bedeutung der Parameter nicht richtig begriffen. Ich legte mich auf mein Bett. Reisen, dachte ich beim Einschlafen zufrieden, ist keine exakte Wissenschaft.

Danach traf ich Thomas. Er war im Nachbarabteil und sprach russisch, so daß er für mich übersetzen mußte. Wir gingen ins Restaurant, aßen und tranken, und Thomas erzählte ein bißchen von Moskau. Er fuhr für den ganzen Winter hin und hatte Freunde da. Wir waren betrunken und gingen schlafen. Am Abend versuchte ich, den Fahrplan zu enträtseln, eine Stunde hatten wir wie geplant in Warschau gestanden, und in Brest waren zwei vorgesehen, oder es gab eine Zeitumstellung. »Wahrscheinlich beides«, meinte Thomas, »zwei Stunden sind lang, selbst wenn sie die Räder wechseln.« Er grinste, und ich dachte: Idiot. Daß sie wegen der Spurbreite die Achsen wechseln müssen, in Brest in einer mitten in der Nacht taghell beleuchteten Halle unter Mahnungen der Völkerfreundschaft und des Friedens, wußte ich da noch nicht. »Hitlers großes Problem«, sagte Thomas. Daß die Rückfahrt ganz anders werden würde, wußte ich natürlich auch nicht.

Die Hälfte unserer Zeit verbrachten wir von jetzt an im Speisewagen. Am zweiten Tag aß ich nachmittags mit Thomas, wir tranken eine Flasche Champagner, sein Kollege aus dem Abteil kam dazu. Er fuhr nach Hause, Armenien. Sein Vater kämpfte dort im Bürgerkrieg, und der Sohn wollte ihn überreden, nach Stuttgart zu kommen. Wir bestellten eine Flasche Wodka, und ich lernte Wodka zu trinken: daß man ihn mit Süßem oder Fettem löschen muß. Auch auf der Rückfahrt war ein Armenier im Waggon, er kam dauernd in unser Abteil und war ernsthaft beleidigt, daß ich nicht durchgehend mit ihm trank, oder er kam nur wegen Natascha, die jung war, in Berlin lebte und übersetzen mußte. Thomas wollte vielleicht eine Dissertation über Neuen Moskauer Konzeptualismus schreiben, eine Literatursache. Wir waren schon Stunden im Speisewagen. Es herrschte eine Ruhe, die es sonst in meinem Leben nicht gab, wir saßen im Speisewagen, aßen und tranken und fuhren durch die

Landschaft, die sich kaum verändert hatte, die man mir fotografiert als Gegend um Lille hätte verkaufen können, abgesehen davon, daß hier mit jeder Stunde weniger Menschen lebten.

Wir waren betrunken und legten uns hin. Der Vater in meinem Abteil schlief mit bloßem Oberkörper. Jetzt merkte ich erst, daß es sehr warm geworden war. In den langen Kurven sah ich, wie die Sonne die großen Blechflächen des Zuges glänzen ließ, und durch die Fenster kam ein lauer Wind. Auch ich schlief mit bloßem Oberkörper. Am frühen Abend ging ich mit Thomas wieder ins Restaurant, wir tranken Kaffee. Es gefiel mir nicht, daß auf der Rückfahrt ein Fernseher im Restaurant stand. Ich hatte da zudem kein Bargeld mehr, mit den letzten Dollars mußte ich in Brest einen Grenzsoldaten schmieren, weil mein Visum um sechs Stunden überzogen war. Genauer gesagt, Natascha hat das ohne mich zu fragen gemacht, denn sie wollten mich aussteigen lassen, aber nach ihrer streng formulierten Intervention zog der Grenzer wie beim Vorzählen der 4000 Mark auf dem Hinweg den Vorhang runter, hielt dann aber seine Hand auf. Danach fand ich noch zehn Schweizer Franken in einer Tasche, die der Kellner zwar nahm, aber er kannte Schweizer Franken nicht und gab mir mißtrauisch bloß etwas Käse und Brot. Natascha kam nicht auf die Idee, mir Geld zu leihen. Zum Käsebrot gab es Musikclips, die Langsamkeit im Speisewagen war weg. Ich war überrascht: Russisch gibt einen ausgezeichneten Rap.

In den letzten Stunden vor Moskau zog der Kellner die Vorhänge an den Tischen zu, wegen Steinwürfen, übersetzte Thomas seine Erklärung. Es würde aber wenn, dann geschossen, fügte er für mich hinzu. Die Bauern dächten noch immer, hier führen die Reichen vorbei. Oder sie langweilten sich halt. Es hatte etwas abgekühlt, wir tranken Bier. Man sieht sehr wenig bei der Einfahrt in die Stadt, da der Zug in einer kleinen Schneise fährt, in die man die Gleise gebaut hat. Am Ende stehen links und rechts einige Wohnhäuser, zu denen man aufblickt. Es war Abend, elf Uhr. Ich glaubte zu erkennen, daß die Stadt ähnlich spärlich beleuchtet war wie Ostberlin, im Vergleich zum Westen. Thomas zitierte einen Schriftsteller, der vor hundert Jahren von Deutschland nach Moskau gefahren war und über das Lichtermeer berichtet hatte. Die Telefonnummern der beiden besten Freunde von Thomas standen auf einem gut verstauten Zettel, ich rief ihn während der Konferenzwoche an. Wir verbrachten drei freie Tage zusammen, die ich zusätzlich in der Stadt blieb.

Am Bjelorusskaja stand ein Student der Moscow State mit meinem Namen auf einem Pappschild. An Büsten von Marx und Lenin vorbei gingen wir durch einen Seitenausgang auf den Vorplatz. Er war von Millionen Menschen bevölkert. Es war sehr warm. In einem weißen Lieferwagen fuhren wir eine der sechs- oder achtspurigen Straßen zum Fluß hinunter. Ich erkannte das Weiße Haus, und der Student deutete mit den Händen an, daß von hier die Panzer geschossen hätten, als Gorbatschow auf der Krim war. Wir fuhren über den Fluß. »Last year!« lachte er mit zur Pistole gestrecktem Zeigefinger und Daumen der rechten Hand, und wir verließen die Stadt zwischen riesigen Blöcken in einem Automeer.

Valparaíso

Die Schritte hat Fieberg nicht zuerst gehört, da ist er sicher, zuerst hat er ihre Blicke im Rücken gespürt. Oder er hat es an der Reaktion der Frau vor dem Laden gemerkt. Sie lehnte zwischen der Tür und der Auslage mit Obst und Gemüse in der Sonne an der Wand, das rechte Bein gegen die Hauswand gestemmt. Mitte dreißig war sie, typisches langes schwarzes Haar und die dunklen Augen. Sie sah ihn an, wie er in der kleinen Gasse mit dem Rucksack über der Schulter ihr entgegenkam. Vielleicht hatten ihn die Farben des Obstes und Gemüses angezogen, das Viertel besaß außer hellbraun und grau keine Farben. Vielleicht hatte sogar die Frau ihn angezogen, sie trug ein rotes T-Shirt und Jeans, und daß etwas nicht stimmte, ahnte er, seit das Mädchen am Sportplatz ihn angesprochen und er automatisch den Arm um seinen Rucksack gelegt hatte. Aber noch wollte er den Gedanken nicht zulassen oder konnte es nicht, hatte noch nichts ähnliches erlebt. Er hoffte, das Viertel verlassen zu können. Die Frau beobachtete, fast taxierte sie Fieberg, aber dann blickte sie plötzlich an ihm vorbei, erblickte hinter ihm etwas, mit dem sie keinesfalls zu tun haben wollte. Sie ging schnell und geräuschlos in den Laden, war verschwunden, und gleichzeitig spürte Fieberg die Blicke in seinem Rücken, dann hörte er endlich auch die Schritte. Als er sich umdrehte, brüllten sie schon und rannten auf ihn zu. Der Große war sechzehn, der Kleine eher vierzehn. Beim Rennen blitzten die beiden Klingen im Sonnenlicht auf, die große, die kleine, wieder die große. So sieht das also aus. Beim Nachbarsjungen letztes Jahr in Berlin war er zu spät gekommen, hier bei seinem eigenen Termin war Fieberg pünktlich. Daß er noch in den Süden wollte und das besondere Licht sehen, daß er dreißig Jahre alt war und Arzt, auf Ausflug in Chile, daß sie in Mendoza auf ihn warteten, daß er immer geglaubt hatte, seine Erkrankung würde sich wie eine Infektion oder komplizierte Verstimmung in Nichts auflösen und er im nächsten Jahr seinen Facharzt in Chirurgie machen, daß er vor einer halben Stunde seine Frau angerufen hatte: lächerlich.

Lächerlich auch, daß er hier hochgelaufen war. Auf seinem Weg durch die kleinen, steilen Straßen des Viertels waren schon die alten Männer, die vor ihren Häusern standen und rauchten oder auf den Stufen saßen und rauchten oder nur dasaßen und guckten, einer nach dem anderen aufgestanden, um im Haus zu verschwinden, wenn Fieberg in Sichtweite kam. Jeder von ihnen hatte einen Blick dabei, der nicht feindselig war, wie Fieberg jetzt verstand, sondern wissend. Vielleicht auch mitleidig.

Vielleicht war er schon mit der Fahrt über die Anden einen Schritt zu weit gegangen. Aber warum? Nach den fünf Tagen in Mendoza hatte er nicht mehr widerstehen können, für das Wochenende einfach den Bus nach Santiago zu nehmen. Was sollte ihn hindern, wo er schon mal hier war? Von den Kollegen im Krankenhaus hatte er sich Reisetabletten geben lassen und Tips bekommen. Chile sei das am besten funktionierende Land Südamerikas. Er hatte wie immer doppelt so viele Tabletten genommen wie vorgeschrieben, hatte sich für zwanzig Dollar das Ticket nach Santiago gekauft und war mit dem Bus stundenlang Serpentinen hinaufgefahren, auf der rechten Seite sitzend, fast genau in der Mitte zwischen den Achsen, um das für ihn oft tödliche Schaukeln des Busses zu minimieren. Er hatte auch eine halbe Thybon genommen und zwei Dosen Fanta in der kleinen Isoliertasche mit Eiswürfeln aus der Kantine bei sich, damit er sich im Zweifelsfall den Hals kühlen konnte. Einen Sitznachbarn hatte er nicht. Er war der einzige, der die Gardinen nicht zugezogen hatte, der einzige, den diese Landschaft offenbar interessierte. Nach zwei Stunden zeigte sich der Aconcagua kurz, ein paar Sekunden lang, vielleicht eine halbe Minute, kaum verhüllt, wenig dramatisch, wenn man nicht weiß, daß das der höchste Berg Amerikas ist. Die Form seines Gipfels unspektakulär. Angeblich leicht zu besteigen.

Die Grenze ist am Paß auf dreitausend Metern Höhe. Alle mußten aussteigen und in einer Hütte, die sich wie die Spuren für PKW unter einem großen, offenbar erst vor kurzem errichteten Blechdach befand, ihre Pässe vorzeigen. Es war kalt, aber die Sonnenstrahlen halfen auch hier oben noch. Fieberg stellte sich abseits und beobachtete die Warteschlange der Reisenden vor der Hütte. Ein Paar war etwas jünger als er und Bette, hielt sich an den Händen, freute, lachte und küßte sich. Wie zwei menschliche Körper sich erst in der Umarmung zu einem Wesen fügen, dachte er, das eine Statik und Schönheit und einen Sinn hat. Fieberg sah den beiden zu, obwohl es ihm körperlich weh tat, wie die Frau beim Warten ihren Kopf an die Brust des Mannes legte, dessen eine Hand sie zwischen ihren hielt. Schon in Buenos Aires waren die vielen Verliebten kaum auszuhalten gewesen: »Auf keinen Fall« hatte Bette mitkommen wollen. Das war schade. Blöd war, sie hatten nicht vernünftig darüber gesprochen. Wie sie überhaupt immer weniger mit ihm redete, je länger er im Krankenhaus arbeitete.

War er selbst so anders geworden? Sicher war er nicht mehr so zögerlich wie früher, hatte auch kaum noch Zeit für lange Entscheidungswege. Vielleicht hatte sein Ton sich mit dem gewachsenen Selbstvertrauen verändert. Auch für das Mädchen aus Mendoza hatte er sehr entschieden gehandelt. Aber das hätte jeder so gemacht, denn es war eine einfache Situation: Sie brauchte den Spezialisten, der sein Vorgesetzter war, und einen Sponsor. Das Ganze tat der Klinik nach innen wie nach außen gut. Fieberg erwartete keinen Dank, bekam ihn jedoch reichlich von allen Seiten. Nur Bette sagte fast nichts dazu, und jetzt, auf dreitausend Metern Höhe unter Fremden kam es ihm vor, als schnitte sie ihn neuerdings. War das so, seit er in der kleinen Talkshow gesessen und über Ana und die erfolgreiche Operation berichtet hatte? Sie war neidisch, eifersüchtig. Hier oben ließ er diesen Gedanken zum ersten Mal zu und erschrak. Was erwartete sie? Oder täuschte er sich und erwartete doch etwas Besonderes, eine Anerkennung von ihr, die sie nicht bereit war zu geben? Und wenn? Auf dieser Reise hätten sie miteinander reden können, Reisen hilft in solchen Situationen. Aber statt dessen war er wie bestohlen durch Buenos Aires gelaufen. Einmal hielt er eine Frau, die in der Nähe der Plaza de Mayo in einiger Entfernung vor ihm herging, einen Moment lang für Bette. Er wollte schon hinlaufen, sie an der Schulter anfassen, ihr in den Arm fallen. Schämte sich dann, aber am nächsten Tag passierte es ihm in einer Einkaufspassage ein zweites Mal.

Auf der Abfahrt lief im Bus ein Video, ein Klamaukfilm, den trotz großer Lautstärke alle ignorierten.

Danach noch ein zweiter, und was Fieberg von dem Land sehen konnte, Bergdörfer, ihm unbekannte Vegetation, fremde Menschen, eine alte Frau in buntem Poncho auf einem Stein zufrieden vor ihrem Haus sitzend, es blieb beinahe selbst Fernsehen. Dann der Stadtrand von Santiago, und dann Santiago selbst. Betriebsamkeit. Der Bus fuhr quer durch die Stadt in einen großen, von einer simplen Mauer umgebenen Busbahnhof, der an hektischer Fülle nicht zu überbieten war. Genau in der Mitte ein kleiner flacher Bau mit Geschäften.

Beim Aussteigen war schon an der Bustür jede Insichgekehrtheit vorbei. Taxifahrer empfingen ihn, den Europäer: Taxi? Taxi? Taxi? Mit abwehrenden Handbewegungen stieg Fieberg aus, die Taxifahrer bildeten eine Gasse, und als Traube ließen sie sich hinter ihm her ziehen. Einer griff schon nach seinem Rucksack: »Por Favor, por favor.« Statt zu dem Flachbau in der Mitte zu gehen und Geld zu ziehen, mußte Fieberg den Busbahnhof verlassen, denn erst an der Ausfahrt fielen sie von ihm ab. Auf der vielbefahrenen Straße konnte er den Rucksack absetzen, sich den Schweiß von der Stirn wischen und sich umsehen. Hier waren keine Fußgänger vorgesehen, und das erste vorbeifahrende Taxi hielt, der Fahrer brüllte ihn mit »Taxi« an, hupte ausdauernd, weil Fieberg nicht reagierte und offensichtlich nur taubstumm sein konnte und hupen dann half. Die sich hinter dem Taxi stauenden und deshalb ebenfalls hupenden Autos ignorierend, fuhr das Taxi nicht weiter, bis Fieberg das zweite Mal geantwortet und zurückgebrüllt hatte, er wolle kein Taxi. Er mußte den Busbahnhof wieder betreten, mit dem erneuten Hupen des nächsten Taxis im Rücken, das mit quietschenden Reifen hinter ihm gehalten oder andere Autos zur Vollbremsung gezwungen hatte. Auf dem Weg zum Geldautomaten wehrte Fieberg den erneuten Angriff der Taxifahrer im Busbahnhof ab. Sie kannten ihn jetzt schon. Der Service wäre momentan nicht verfügbar, sagte das Gerät. Mit der zweiten Karte klappte es. Immerhin. Er winkte sich ein Taxi, aber so machte man das nicht. Der Fahrer gab sich unmotiviert, wenn nicht herablassend.

»In die Stadt«, sagte Fieberg. Der Fahrer stellte sich dumm. »Centro, hoteles.« Jetzt nickte er immerhin, und sie handelten einen Preis aus. Fieberg atmete einmal durch. Der Taxifahrer verließ den Busbahnhof aber in die offensichtlich falsche Richtung, fuhr an einem unbebauten, eingezäunten Gelände vorbei, dann zwanzig Minuten in einem großen Kreis um die Stadt herum. Fieberg verfügte über eine gute Orientierung. Durch stillschweigende Zustimmung hoffte er, überhaupt wieder aus diesem Wagen herauszukommen. Sein Hals drückte, und er kurbelte das Fenster runter. Schließlich setzte der Fahrer ihn an einem Hotel ab, das »drei Blocks« vom Zentrum weg sei. Der Fahrer verlangte das Doppelte des vereinbarten Preises. Um ihn zu beschämen oder wenigstens zu ärgern, gab Fieberg noch mal die Hälfte als Trinkgeld. Sein Zimmer lag parterre in einem Innenhof, das Fenster war nicht zu verschließen. Er duschte, trank eine der beiden Dosen Fanta, legte sich aufs Bett und kühlte mit der zweiten den Hals.

Daß das Hotel weitere fünfundzwanzig Minuten zu Fuß vom Zentrum weg war, stellte er am Abend fest, als er alle Wertsachen in seinen Jackentaschen verstaut hatte und losging. Er war wie immer ohne Reiseführer unterwegs, um sich überraschen zu lassen, und sah überall die

Plakate Valparaísos: Malerische Bucht mit Ozean, Palme, Altstadt. Während der Suche nach einem Restaurant beschloß er, am nächsten Morgen ans Meer zu fahren. Die Nacht wie seit Jahren auf Reisen: ohne Schlaf. Je erschöpfter er war, desto weniger schlief er. Das Thybon war wie immer wirkungslos. Er leicht reizbar, auch wie immer.

Am Morgen dann Sonnenschein, das würde ein guter Tag. Er erhöhte die Dosis. Wenn keine besondere Belastung auftrat, würde der Pegel sich in zwei Tagen erholt haben, bis dahin mußte er sich kontrollieren. Auf der Fahrt durch die sanften grünen Hügel zwischen der mächtigen Bergkette und dem Pazifik war er sicher, daß ein morgendlicher Blick auf diese Landschaft ausreichte, um klar zu kommen im Leben. Lust, für Bette und sich ein Haus zu kaufen, einen Garten anzulegen. Inneres Grinsen darüber. Das andere Gesicht der Welt wartete am Ziel auf ihn: Valparaíso. Im Bus war er nicht der einzige der sich gegenseitig immer schnell erkennenden europäischen Touristen gewesen, setzte sich aber gleich Richtung Wasser ab. Weit konnte es nicht sein, man roch schon das Meer. Aber nach ein paar Minuten fand er sich auf einer vierspurigen Straße mit Mittelstreifen wieder.

Ratlos stieg er über die Leitplanken und überquerte die Fahrbahnen, bis er auf der anderen Seite war, was nichts half. Denn jetzt stand er am Zaun eines Hafengeländes, dahinter dämmerten abgewrackte Militärschiffe im träge schwappenden Wasser ihrem Rostfraß entgegen. Eine dreiviertel Stunde lief Fieberg mit dem gesamten Gepäck an diesem Zaun entlang, unfähig zu verstehen, daß dies Valparaíso war. Der Zaun war fast so lang wie die ganze Bucht, in der die Stadt liegt. Auf der anderen Seite der Straße heruntergekommene Häuser. Die Würgeanfälle kamen schnell. Erst setzte Fieberg sein Gepäck immer ab, machte eine Pause, dann weiter. Sein Hals gab aber ganz auf. Tragen war nicht mehr drin. Es war eh idiotisch. Er nahm einen der Busse in den Nachbarort Viña del Mar, die ihn fortlaufend anhupten. Viña, wie alle es nannten, ist ein Badeort fürs Volk, wo Fieberg ein hübsches kleines Hotel fand. Er legte sich eine halbe Stunde angezogen aufs Bett, nahm seine Wertsachen aus dem Gepäck und ging zum Strand runter. Auf einem großen, vielleicht hundert Meter langen, senkrecht ins Meer stechenden Holzsteg lief er auf den Pazifik hinaus und starrte eine Weile ins Blaugraue. Wenn er wieder zu Hause war, würde er mit Bette reden können.

Es war gegen fünf am Nachmittag. Besser, jetzt bald etwas zu essen. Aber die beiden Lokale, die nahe dem Strand rechts und links auf den Steg gebaut waren, hatten auch auf dem Rückweg noch nicht geöffnet. Sie wirkten sowieso sehr billig, sagte er sich. Am Ende des Stegs präparierten zwei Frauen mit Tapeziertisch und Sonnenschirm einen Stand und legten Informationsmaterial aus. Fieberg blieb stehen oder verlangsamte nur seinen Gang und wurde sofort angesprochen. Das Ministerium für Tourismus mache eine Umfrage. Auf spanisch fragte er nach Englisch, aber die Frau hatte in Deutschland studiert.

»Oh, wenn Sie aus Europa sind«, sagte sie zurückgenommen und beinahe eingeschüchtert, »müssen sie aber nach Valparaíso fahren.« Viña sei nur ein Ort am Meer wie tausend andere auf der Welt.

Er freute sich: »Wohin muß ich in Valparaíso gehen?«

Die Frau zeigte leichte Nervosität, als sie auf einer sehr

groben Karte mit dem Finger auf den Teil der Bucht wies, den Fieberg vor einer Stunde abgelaufen war.

»Aber wohin da?« fragte Fieberg und versuchte freundlich zu bleiben. Ihr Kniefall vor einem Europäer nervte ihn. Die Frau gab keine Antwort. Sie wußte nicht, was sie sagen sollte. Möglicherweise drängte er sie, als er sagte, er sei nämlich schon in Valparaíso gewesen. Sie wußte offenbar nichts besseres. Aber das konnte nicht sein.

»Wenn ich zum Beispiel jetzt zum Abendessen hinüberfahren würde?«

Sie stutzte, kramte in ihrem Kopf nach der Antwort. Vergebens.

»Man denkt sich ja ein Restaurant mit frischem Fisch und einem Glas Wein ...« Er sah aufs Meer hinaus, noch wurde es nicht dunkel. Weil er die Spannung der Frau nicht ertragen konnte, zeigte Fieberg auf der Karte dieselbe Stelle und erlöste die Frau vom Ministerium für Tourismus endlich: »Muß ich da vielleicht den Berg hinauflaufen?«

»Ja«, sagte sie hastig, sah ihn nicht dabei an: »Ein wenig den Berg hoch.«

Er sah sie weiter an.

»Nicht zuviel.«

Fieberg bedankte sich. Er füllte noch den Fragebogen aus, ging zur Straße hoch, ein Taxi hielt und fuhr ihn zurück in die Bucht. Dieselbe Bucht. Er fand einen größeren Platz, von einer Straße geteilt, verwahrlost. Hinter dem Platz ging es bergan. Ein Mann betrachtete ihn beim Näherkommen, und verschwand dann in seinem Haus. Unten am Platz, erinnerte sich Fieberg jetzt, war ein Telefonladen, und er hatte plötzlich den Einfall, Bette anzurufen. Er ging zurück, kaufte am Schalter gleich neben der Eingangstür eine Karte und ging in eine Zelle. Zu Hause ging der Anrufbeantworter dran, und Fieberg hörte seine eigene Stimme, die sich über den Anruf freute und alsbald zurückrufen wollte. Was er auf dem Band hinterlassen hat, weiß er heute nicht mehr. Dann verließ er den Laden, nicht ohne sich mit dem Mann am Schalter noch einmal zuzunicken, als kennten sie sich.

Wieder ging er in die Steigung gleich hinter dem Platz. Derselbe Mann, der eben in sein Haus gegangen war, saß jetzt wieder davor und beobachtete Fieberg ruhig, wie er Fuß vor Fuß setzte, den Oberkörper dabei gegen die Steigung fallen ließ und der Kopf nachfedernd einen Punkt hinter jeden Schritt machte. Ein nächster alter Mann verschwand so in seinem Haus wie der erste beim ersten Anlauf. Dann noch ein dritter, der Fieberg gemustert hatte. Das Viertel veränderte sich nicht, und heute fragt Fieberg sich, wieso er nichts gemerkt hat. Nach einer Viertelstunde gelangte er an ein kleines Plateau, auf dem ein ärmlicher Sportplatz lag. Auf dem Platz ein Fußballspiel. Um den Platz herum zwei, drei Dutzend Leute, unter denen Fiebergs Eintreffen Unruhe auslöste. Hier war er falsch, aber zurückgehen, fand er, konnte er jetzt nicht. Der erste Anflug der Angst. Ruhig zu bleiben war wichtig, vielleicht täuschte er sich. Auch in anderen Städten der Welt war er schon in gefährliche Viertel geraten. Außerdem waren hier genug Menschen. Fieberg lief an der Längsseite des Platzes oberhalb des Spielfeldes entlang und blieb etwa in der Mitte stehen. Sah sich das Spiel an. Zwei Jugendmannschaften. Und ein Riesentalent im Mittelfeld, sowas hatte Fieberg noch nicht gesehen. Geradeaus der Ozean.

Heute kann er nicht mehr sagen, ob es zehn Minuten oder nur fünf waren, nach denen sich das Mädchen neben ihn an das Geländer stellte. Sie war vielleicht sechzehn, höchstens siebzehn und in ihrem jungen Frausein sehr sicher. Sie stützte sich mit den bloßen Armen auf das Geländer, nur wenige Zentimeter neben Fieberg, und wartete mit dem Lächeln, bis er zur Seite sah. Fieberg erwiderte das Lächeln kaum, richtete sich auf, legte automatisch seinen Arm über den kleinen Rucksack und dachte sofort oder glaubt im Rückblick sofort gedacht zu haben, daß diese Geste verräterisch war. Das Mädchen sagte etwas. Er gab vor, nichts zu verstehen. Nachdem der kleine Superstar ein Traumtor geschossen hatte, applaudierten die Zuschauer, und Fieberg richtete sich auf und ging langsam vom Platz weg, nicht in die Richtung, aus der er gekommen war. Er wählte die kleine Gasse mit der Auslage vor dem Laden und der Frau mit dem roten T-Shirt, die ihn beobachtete, wie er näherkam. Die Gasse schwang sich ein wenig nach rechts bergauf, war aber nach nur hundert Metern eine Sackgasse, was Fieberg gerade bemerkte, als die Frau ihren Blick von ihm nahm und schnell in ihren Laden ging. Bis hierhin also, dachte er überraschend klar, als er sich umgedreht hatte und die beiden Messer in den Händen der viehisch brüllenden Jungs sah, die in Zeitlupe auf ihn zurannten. Ein Jahr war es erst her, daß er in Berlin zu einem Streit in der Nachbarschaft gerufen wurde, abends um zehn: Er sei doch Arzt! Damals war der Krankenwagen binnen fünf Minuten vor Ort, aber ein Stich hatte genügt. Als der Wagen mit Blaulicht und Sirene vor das Haus stürmte, wollte Fieberg gerade den Puls fühlen, wo kein Puls mehr war, seine Schuhspitze in der Blutlache. Er hatte aufgesehen zur Mutter, die hatte ihn rausgeklingelt, und er hatte dann mit dem Kopf verneint. Das Geräusch der Mutter von vor einem Jahr hörte Fieberg jetzt, ohne es zu wissen, während die Jungs in Zeitlupe auf ihn zukamen und dabei still schrieen, wie er es das ganze Jahr über immer wieder gehört hatte, das unbekannte Geräusch des endgültigen Schmerzes. Statt der Gesichter der Jungs sah Fieberg die Gesichter des Arztes und des Fahrers aus dem Rettungswagen, die auf den frischen Leichnam guckten. Noch drei oder vier Meter hatten die beiden Jungs bis zu ihm zurückzulegen, sie schrieen, sie bewegten sich in Zeitlupe ohne Ton, die Klingen blitzten in der Sonne auf, das große, das kleine und wieder das große, und Fieberg dachte noch immer überraschend klar: bis hierhin also. Bis eben hatte er gedacht, alles, das Leben läge noch vor ihm. Was für eine Enttäuschung. Seine Kindergärtnerin sah er, die von oben auf ihn herabblickte. Seine Mutter beugte sich in der ersten Wohnung wortlos über eine Hausarbeit. Das rote Fahrrad stand im Hof. Bette war ohne Bild da, hinter ihm, dunkel, voll Mitleid und untätig. Halbwüchsig faßte er sich im Sommer ans Kinn mit dem ersten Flaum. Ein Bild aus dem Examen folgte, so daß der Kreis beinahe geschlossen war, aber das Bild war schon undeutlich, weil ihm nicht genug Zeit blieb. Die beiden Messerspitzen waren jetzt an seinen Rippen und das Gebrülle in seinen Ohren. Der größere hatte ein normales Küchenmesser, die Klinge nicht mehr als sieben, acht Zentimeter lang, der jüngere hatte ein großes Fleischmesser, mit so einem frikassierte Bette gern Huhn. Eine entschiedene oder panische Bewegung würde es ohne weiteres bis zu Fiebergs Wirbelsäule durchstoßen. Sie hielten ihn mit ausgestreckten Armen auf Abstand. Der Kleine hatte den Rucksack an sich genommen, und der Große zog Fiebergs T-Shirt hoch, schlug dann auf die vorderen Hosentaschen, links klimperte das Kleingeld aus dem Telefonladen. Fieberg mußte es herausholen und abgeben. Zustimmend nickte der Große. Das Fleischmesser des Kleinen rutschte in die Mulde zwischen zwei Rippen, wo es auf der Haut piekte, dann kratzte. Fieberg machte einen Schritt zurück. Der Kleine führte das Messer nach und der Große klopfte auf die hinteren Hosentaschen. Da war nichts. »Más?« brüllte der Große aus vollem Leib: »Más?« Fieberg schüttelte den Kopf. Daraufhin rannten sie weg, und Fieberg schrie ihnen in einer Übersprungshandlung hinterher: »Amigos, las tarjetas. Ey!« Die zwei waren um die Hausecke weg.

Vom Sportplatz kam ein Chilene in Fiebergs Alter ihm entgegen, stellte sich vor ihn und redete beruhigend auf ihn ein. Das Spanisch verstand Fieberg nicht. Der Chilene hob Fiebergs T-Shirt an, um zu sehen, ob er verletzt war. Alles in Ordnung.

»La policia«, sagt der Chilene und wies ihn mit dem Kopf zum Gehen: »Vamos.« Fieberg reagierte nicht, der Chilene faßte ihn am Arm: »Vamos a la policia.«

Die Frau mit dem roten T-Shirt war aus ihrem Laden wieder herausgekommen und sah ihn an, ohne daß er ihren Blick hätte entschlüsseln können. Maximal zwanzig Sekunden waren vergangen. Seine Karten waren weg, das Bargeld war weg, sein Paß, das Flugticket, und seine Medikamente waren auch weg.

Der Weg nach unten war lang und führte fast nur über Treppenstufen. Der Chilene redete ohne Unterlaß, sprach aber kein Wort zu Ende. Fieberg hoffte, er würde ihn aus dem Viertel bringen. Er wollte nicht zur Polizei. Ab und zu hielt der Chilene an, faßte Fiebergs T-Shirt am Rand und hob es hoch, um zu sehen, ob er verletzt war. Er war nicht verletzt. Vor der Polizeistation wollte der Chilene sich plötzlich verabschieden, sah dann aber in Fiebergs Augen Angst oder Verzweiflung. Zusammen betraten sie die Station, den ersten beiden Beamten sagte der Chilene hastig, daß Fieberg ausgeraubt worden war, und erhielt von dem einen Beamten dafür ein Nicken. Sofort war Fiebergs Begleiter durch die Tür wieder nach draußen verschwunden. Dann setzte Fiebergs Zeitgefühl aus.

Vermutlich hat er sich einige Stunden in der Station aufgehalten. Zunächst brachte der zweite Polizist ihn in ein Büro und bedeutete ihm, sich auf einen der einfachen Holzstühle zu setzen. Mit der Hand machte er eine Geste, Fieberg solle warten. Alles verlief sehr langsam und unaufgeregt. Man brachte ihm ein Glas Wasser. Später wurde er in ein anderes Büro geführt, wo er wieder wartete, anschließend aber auch von zwei Polizisten befragt wurde. Er mußte genau sagen, was alles in seinem Rucksack war. Bei der Summe Bargeld sahen die beiden Polizisten sich kurz an. Einer grinste. Als Fieberg angab, eine Meldung über den Diebstahl zu brauchen, er habe eine Versicherung, wechselten die beiden wieder einen Blick. Der Bericht würde geschrieben, er solle sich gedulden. Wieder später fragte einer, ob Fieberg Hunger habe. Das hatte er. Man brachte ihn in die Kantine im Keller, wo dreißig oder fünfunddreißig Polizisten vor einem Flachbildschirm saßen, dessen Ausmaße Fieberg unbekannt waren. Zwei mal drei Meter? Dies war ein Kino. Sie guckten Fußball, Südamerikameisterschaft der U17, die Fieberg in seinen Hotelzimmern in Argentinien auch immer laufen gelassen hatte. Einige der Polizisten sahen kurz auf, als Fieberg in den Raum gebracht wurde, und wandten sich dann wieder dem Spiel zu. Ob er ein Käsebrot oder ein Wurstbrot wolle. Fieberg griff sich an den Hals und sagte: »Beides.« Der Polizist lachte und schlug ihm auf die Schulter. Man werde ihn holen, um in das Viertel zu fahren. Jemand brachte die Brote. Daß er einfach gehen konnte, stand nicht zur Debatte.

Als sie losfuhren, zwei Polizisten vorne, Fieberg hinten in der Streife, dämmerte es. In Schrittgeschwindigkeit kletterten sie hoch und runter durch das Viertel. Die Straßen waren für das Auto oft zu schmal, und sie mußten Umwege fahren. Die Polizisten fragten immer wieder wo es passiert sei. Sie hatten Zeit. Aber Fieberg wußte schon beim Losfahren kaum, wo sie sich befanden, und nach einer Weile hatte er die Orientierung ganz verloren. Von weitem war in diesem farblosen Meer der kleinen Häuser nichts zu erkennen. Er wollte hier auch nur raus. Aber wie ein Bauer abends mit den Händen in den Taschen über sein Feld gehen mag, klapperten die Polizisten drei Fußballplätze ab. Fieberg schüttelte jeweils den Kopf. Der vierte war es. Fieberg nickte. Ein paar Leute standen um den Fußballplatz, obwohl niemand mehr spielte, und sahen zur Streife. Fieberg hatte Angst. Die Streife rollte am Platz entlang, hielt dann an. Der Laden in der Gasse war noch geöffnet, in der Auslage dasselbe Obst und Gemüse, davor die Frau mit dem roten T-Shirt.

»Aquí«, sagte Fieberg nur. Der Polizist, der am Steuer saß, stieg aus. Er pfiff sich zwei Jugendliche ran, die in einer anderen, den Berg senkrecht hochführenden Straße lungerten, und kontrollierte sie mit autoritären Gesten.

Sie mußten sich durchsuchen lassen. »Drugs«, sagte der zweite Polizist, der auf dem Beifahrersitz geblieben war, lässig zu Fieberg. Dann ging sein Kollege in die Gasse mit dem Laden und sprach entspannt mit der Frau. Fieberg sagte nichts. Wieder war an ihrem Gestus nichts abzulesen. Der Polizist kam zurück und schüttelte den Kopf: »Nada.« Sie fuhren wieder zur Wache. Auf dem Weg ließen die Polizisten Fieberg wissen, sie hätten jetzt Feierabend und würden ihn nach Viña rüberfahren können. Schon vorher waren ihre Bemerkungen über die Lage von Fiebergs Hotel eindeutig. Er war reich.

Mittlerweile war es dunkel geworden. Fiebergs normale Brille war weg, er hatte nur noch die Sonnenbrille. Er kurbelte das Fenster runter und sog die laue Meerluft ein. Auf dem Weg scherzten die beiden, sie seien so selten in Viña, eigentlich sollten sie noch auf ein Bier gehen. Ob Fieberg mitkommen wolle.

»No tengo dinero«, sagte er. Na, sie würden ihn schon einladen. Sie lachten. Ein Bier wäre genau das richtige gewesen, er wußte aber, daß sie sich das nicht leisten konnten. Als sie vor dem Hotel standen, mußte einer der beiden auch dringend nach Hause. »La familia!« Sie brachten ihn noch in die Anmeldung und erzählten erst der Rezeptionistin, dann dem dazugerufenen Hotelier, was passiert war. Fieberg hoffte, daß die eingelesene Kreditkarte noch belastet werden konnte. Der Hotelier bejahte und rief einen Hotelgast dazu, ein Rechtsanwalt aus Argentinien. Er sprach englisch. Die Papiere solle Fieberg sich am nächsten Tag in der Hauptwache abholen, wo sie unterschrieben und gestempelt würden, übersetzte er die zwei Polizisten, die grüßten und mit dem Geländewagen davonfuhren.

Der Argentinier war sehr aufgeschlossen. Er arbeite im Verkehrsrecht, sagte er: »Sehr lukrativ in Argentinien.«

»Ach, ja?«

»Die Argentinier fahren sehr dumm Auto.« Offenbar gefiel es ihm, einem Europäer behilflich zu sein. Am Nachmittag hatte er Touristen getroffen, die mit der kleinen Seilbahn ganz auf die Anhöhe der Bucht gefahren waren, in deren Hang Fieberg gewesen war. Sie seien gleich oben, beim Verlassen der Gondel ausgeraubt worden.

»Wie?«

»Mit Messern.« Das Viertel sei wohl nicht besonders sicher.

Einen Tag später, als er ohne Geld in Santiago ein Zimmer suchte, erfuhr Fieberg, daß dies auch im Reiseführer steht. Aber bis dahin war der Weg noch weit. Auf seinem Zimmer telefonierte er mit der Deutschen Botschaft in Santiago, wo man ihm einen Vertrauensarzt zu schicken versprach, dann mit Bette, die von der Botschaft schon unterrichtet war, als Fieberg sie erreichte, und der Geschichte sachlich gegenüberstand. Sie würde sich am nächsten Tag um eine Überweisung kümmern. Wie er geschlafen hat, ob er in der Nacht überhaupt geschlafen hat, daran kann Fieberg sich nicht erinnern.

Der Vertrauensarzt kam gegen zehn. Ein Mann in den Achtzigern, schwerhörig. Er erzählte Fieberg, daß er vor dem ersten Weltkrieg mit seinem Vater hierher ausgewandert war, per Dampfer von Hamburg. Obwohl das eine einfache Rechenaufgabe war, konnte Fieberg sich das kaum vorstellen. »Was?« brüllte der Arzt, als Fieberg das sagte. Er brauchte Thyroxin und Schlafmittel. Der Arzt brüllte: »Was?«

»Thyroxin«, brüllte Fieberg.

»Wieviel«, brüllte der Arzt.

»Vierhundertfünfzig«, brüllte Fieberg und wußte, was jetzt kam: »Das kann nicht sein.« Der alte Mann hatte plötzlich mit beinahe normaler Lautstärke gesprochen. Daß er selbst Arzt sei, erklärte Fieberg, und daß sie den Grund noch nicht gefunden hätten, er aber schon seit zwei Jahren soviel nehme.

»Am Tag?«

Fieberg nickte und der alte Arzt wiederholte: »Das kann nicht sein.«

Ratlos sah Fieberg ihn an. Irgendwann hatte das kommen müssen.

»Fünfundsiebzig bei Ihrer Statur«, sagte der Alte, »höchstens hundert.«

»Ich weiß.«

»Sie müßten tot sein«, sagte der alte Arzt und beobachtete Fieberg interessiert.

»Ja«, sagte der und erinnerte sich genau und schnell an diesen Moment, als er drei Jahre später endlich den Grund für seinen Zustand fand: einen Giftcocktail aus Blei, Nitraten, Stickoxid, Quecksilber und am Ende Peroxinitrit als Produkt aus der Summe in Blut, Atemluft und Aura. Schon längst war Bette da ausgezogen und hatte ihre Sprache nicht wieder gefunden.

Der alte Arzt schrieb ein Rezept. Sie redeten noch über das Viertel, Fieberg glaubte, »das war schon gefährlich.« Dem alten Arzt zufolge traf das aber nur wegen der Drogen zu. »So arm, wie man denkt, ist es dort gar nicht. Ich habe viele Jahre da gearbeitet. Die haben alle einen Fernseher und heute auch Computer. Das Problem sind die Drogen.«

Er erwähnte noch das Tagebuch seines Vaters, das der auf der Überfahrt damals geschrieben habe. Fieberg wollte es gern haben.

»Was?« brüllte der alte Arzt.

Er wolle das Tagebuch haben, ein Freund von ihm sei Schriftsteller.

»Was?«

»Schriftsteller«, brüllte Fieberg und faßte sich dabei an die Gurgel, »mein bester Freund!«

Der alte Mann schrieb seine Adresse auf und gab sie Fieberg. Der Schriftsteller könne sich bei ihm melden, sagte er, als setze er Schriftsteller in Anführungszeichen. Dann stand er auf und nahm seinen Koffer. Sie gaben sich die Hand.

»Alles Gute«, sagte der Alte.

»Danke.«

»Bis dann.«

Es fiel dem alten Arzt schwer zu gehen, und auch Fieberg fiel es schwer.

Dann packte er, unterschrieb in der Anmeldung die Rechnung und verließ mit den umgerechnet dreißig Dollar, die der Hotelier ihm nach langer Diskussion bar ausgezahlt hatte, das Hotel. Die Busfahrt rückwärts durch das Tal, in dem er gestern noch ein Haus kaufen wollte. In Santiago stellte sich heraus, daß sein Geld für das Rezept nicht mehr reichte. In der Botschaft mußte er durch eine Sicherheitsschleuse, dann zwei Stunden warten, dann konnte er durch einen Schlitz in doppeltem Panzerglas mit einer Angestellten sprechen. Sie könne heute nicht mehr viel für ihn tun, erst müsse man ihn identifizieren. Er sei Dr. Fieberg von der Poliklinik in Steglitz. Auf der homepage könne sie sein Foto sehen.

Die Frau hinter dem Glas verneinte. Ein Foto reiche nicht aus. Fieberg bot an, ihr drei oder vier Konten, die auf seinen Namen liefen, im Internet zu öffnen. Man habe keinen Internetanschluß in der Botschaft, sagte sie. Das könne nicht sein. Doch, Sparmaßnahmen. Man zahlte ihm dreißig Dollar Soforthilfe aus, und bat ihn, mit zwei neuen Paßfotos am Morgen wiederzukommen und die dreißig Dollar zurückzuzahlen.

Wieder unten auf der Straße ging er in einen Imbißstand und trank ein Bier. Er telefonierte mit Bette. Danach aß er ein Steak und trank noch ein Bier. Er fand in einer Apotheke das längst benötigte Thyroxin und nahm eine Tablette noch am Tresen, die nächsten beiden auf der Straße. Er war so gut wie pleite.

Er ging in eine Telefonzelle und suchte im Buch das Goethe Institut, fand es sofort. Er stellte sich vor. Im März hatte er in Washington einen Vortrag gehalten. Mit der Leiterin des Hauses in London war er befreundet. Er dachte, sie hätten vielleicht ein Gästezimmer für diese Notsituation. »Kommen Sie vorbei«, sagte die Stimme, aber auch im Goethe Institut erhielt er keine Unterkunft, sondern dreißig Dollar geliehen. Zwei Blocks weiter sei eine Herberge, wo er für fünfzehn Dollar übernachten könne. In Schlafsälen leider, aber das ginge sicher für eine Nacht. Ob er da seine verbliebenen persönlichen Dinge verwahren könnte? Das wußte man nicht.

In der Botschaft hatte er noch die Telefonnummer einer deutschen Nonne bekommen, sie könnte helfen. Sechsmal telefonierte Fieberg, weil entweder das Geld durchfiel und weg war oder gerade ein Dieselbus jede Verständigung unterband. Die Nonne war nicht da, sie sei in Kolumbien, sagte der Pater freundlich und riet dringend davon ab, auf einer Parkbank zu schlafen. Fieberg kaufte sich zwei Dosen Bier und setzte sich damit auf den Platz am Ende der Fußgängerzone. Ein Bier tat immer gut. Aber die Polizei kam und ließ ihn freundlich wissen, das sei verboten. Mit überkreuzten Handgelenken bedeutete einer der beiden Beamten, man könne ihn dafür verhaften. Fieberg stand auf und lief ein wenig herum. An einer Kreuzung interessierte sich eine reifere Frau in einem teuren Mercedes offensichtlich für ihn, der so anders aussah als jeder Mann hier, so viel größer war und nur noch so wenig Respekt hatte.

Schließlich ging Fieberg in ein großes Einsternehotel, legte sein restliches Geld dem Mann an der Rezeption hin und bettelte, den größeren Teil erst am nächsten Tag bezahlen zu dürfen. Man habe ihn überfallen und ausgeraubt. Herablassend wie gestern der Taxifahrer hielt der Mann einen Zimmerschlüssel vor Fieberg hoch und ließ ihn auf den Tresen fallen. Das Zimmer lag an einer Hauptverkehrsstraße. Mit den letzten Münzen rief Fieberg noch mal den Pater an, um Entwarnung zu geben. Der Pater schickte drei deutsche Zivildienstleistende, die nach Fieberg sahen und ihm ein Bier spendierten. Sie hatten den Reiseführer mitgebracht, der von Besuchen des Armenviertels in Valparaíso abriet, und erzählten, die Nonne sei sehr berühmt und kümmerte sich um Obdachlose und ein Armenviertel von dreihunderttausend Leuten. In der Nacht war von Schlaf nicht zu träumen.

Am Morgen hatte Fieberg in der Botschaft einen zwar geplanten, sich aber schnell selbständig machenden Tobsuchtsanfall. Er verlangte den Konsul zu sprechen. »Sie haben recht, Herr Dr. Fieberg«, sagte der, »das ist schlecht gelaufen.« Am Nachmittag war Fieberg mit Paß und Geld ausgestattet.

Er nahm einen Flug in den Süden, denn Chile ist ein mit Schönheit geschlagenes Land. Abwechselnd mit Sonnenbrille und unscharf sah er sich das Südlicht über den Fjorden an. Zurück in Mendoza schüttelten die Kollegen mit dem Kopf. Er würde jetzt sicher ein noch besserer Arzt sein.

Ein Jahr nach der Entgiftung, als Fieberg wieder ins Leben zurückkehrte, entwickelte er plötzlich Angst, sobald er hinter sich Schritte hörte. Zuerst war es nur Unbehagen, dann eine Beklemmung. Dann Angst. Einmal sah seine neue Liebe ihn den Platz vor dem Haus überqueren und sprach ihn von hinten an. Er erschrak sich, wie man so sagt, zu Tode. Ein paar Tage später geriet er in Panik, weil auf dem Bürgersteig jemand hinter ihm lief. Fieberg mußte stehenbleiben, und die Person vorbeilassen, während er sich den Handrücken auf die Stirn legte, Atem, Puls und Transpiration sich beruhigen ließ. Aber als er verstanden hatte, woher das kam, verlor es sich wieder.

Bibliografische Information Der Deutschen Bibliothek
Die Deutsche Bibliothek verzeichnet diese Publikation in der Deutschen Nationalbibliografie; detaillierte bibliografische Daten sind im Internet über http://dnb.ddb.de abrufbar.

www.wallstein-verlag.de
www.ralf-boent.de
Vom Verlag gesetzt aus der Stempel Garamond
Umschlaggestaltung: Susanne Gerhards, Düsseldorf
unter Verwendung eines Fotos von J. Stumpe / Getty Images
Druck: Friedrich Pustet, Regensburg

ISBN-13 978-3-8353-0030-9
ISBN-10 3-8353-0030-x